百華後宮鬼譚
強く妖しく謎めく妃、まさかの後宮大炎上！

霜月りつ

ポプラ文庫ピュアフル

目次

CONTENTS

HYAKKA
KOKYU
KITAN

Presented by Ritsu Shimotsuki

第一話 甜花、花を育てる……〇〇五
第二話 甜花、海辺の村へ行く……〇九一
第三話 甜花、技芸大会を楽しむ……一八三

第一話　甜花、花を育てる

序

「奪夢羅《ダムラ》は失敗したのか」

贅沢な調度品の置かれた部屋で、その声は苛立たしげに呟かれた。

「璃英《リエイ》皇帝は確かに一度は奪夢羅の術に堕ち、眠りを得ました。しかし目覚めてしまったのです」

感情を乗せない別の声が事実を報告する。

「奪夢羅はどうなったのだ」

「姿を消しました。奪夢羅は人間の姿の際、朱蛛《シユチユウ》と名乗っておりましたが、医司たちを総入れ替えしたとき、後宮の名簿にその名が書き加えられておりました」

「所詮、化け物。気まぐれを起こして仕事を途中で放り出したのでしょう」

もう一人、若い声がどこか疲れたような調子で言った。

豪華な誂えの部屋だが灯りは高足灯籠ひとつだけで、広い空間の四方は夜の暗がりに呑まれている。その中でひそひそとした会話が交わされていた。

「しかし奪夢羅は今までに何度もこちらの依頼を受け、標的を眠らせてまいりました。今回に限って逃げ出すとは考えられません」

「おまえは化け物を信じるのか」

せせら笑う若い声に答えはない。

「奪夢羅からその後連絡は？」

最初の声が落ち着いた様子で問う。

「ありません」

冷静な声が切り落とすように応えた。

「奪夢羅がただ仕事を放り出したのなら所詮は化け物と嗤えばよい。だが、問題は、奪夢羅が討ち取られた場合だ」

「奪夢羅が討ち取られるなど……。あれはただ夢を喰うだけではありません。その真の姿は大きくおぞましく、その性は凶暴です」

常に落ち着いていた声に隠しきれない動揺が混じる。

「そうだ。だからこそ、その化け物を屠るようなものが後宮にいる危険性を考えなければならんだろう」

「つまり後宮に皇帝の護り手がいるかもしれないと？」

若い声が不安そうに潜められた。弱い灯りがゆらゆらと密談者たちの影を揺らす。

「そうだ。皇宮《しろ》にはもちろんいるが、後宮《おく》にも配置されているのかもしれない」

「あの用心深い璃英ならそれもあるかもしれませんね……」

「護り手がいると考えて、どうすればそれを焙《あぶ》り出せるのか……」

沈黙が落ちた。それを埋めるように外からパラパラと小さな音がする。

「雨ですね」

若い声が心細そうに囁いた。

「一雨ごとに冬が近づく。今年は寒くなるそうですよ」

三人は降る雨に耳を傾けたのか、再び静かになった。

「――再度仕掛けてみましょう」

ややあって、落ち着きを取り戻した声が言った。

「今度はなにをする」

「後宮全体に騒ぎを起こしてみます。護り手がいるのならなにか動きが見えるかもしれません」

「いいだろう」

他の二人より立場が上であろうと思われる声が最終的な結論を下した。

「おまえに任せる」

「は、心得ました」

キイ、と扉が軋む音がして、一人が出て行った。残された二人の間を取り持つように雨の音が響く。

「璃英め……いまいましい、目の上の瘤め！　やつなど那《ナ》ノ国の皇帝の器ではないのに」

若い声の合間にクチリ、と爪を噛む音がする。

「まあもうしばらく待て。やつの命ももうわずかだ……」

その声にほんのわずか笑いの気配が溶けた。

「若く美しい璃英……皇帝になぞならず、我らの小鳥であればよかったものを」

ふっと息をかけられたか、灯りが消えた。そのあとはただ冷たい雨の音が部屋を満たすだけだった。

一

「お庭の姫楓《ひめかえで》の木がきれいに色づきましたねえ」

館付きの下働きである甜花《テンファ》は窓から外を見て声をあげた。

外側に開く大きな窓からは、小さな手のひらの形をした真っ赤な葉をみっしりとつけた木が見える。

甜花のいる館は第九座と呼ばれる。

後宮には四人の后《きさき》と九人の佳人《かじん》と呼ばれる妃《ひ》がいて、併せて一三の館が立つ。その他に召使《しようし》たちの舎、後宮の生活を維持するための房と呼ばれる建物の集合体がある。

森のごとき庭園をふたつも抱えた後宮は広大で、小さな街ほどの規模がある。館同士は互いに離れ、それぞれが特徴のある庭に囲まれていた。

第九座は一季前まで妃がいなかったため、庭の草花はまだ揃っておらず、くわえて主人である陽湖《ヨウコ》妃が植物にはあまり関心を持っていないせいで、雑草が生い茂る荒れ野のようだった。

ただ、そこに以前から立っていた姫楓だけは見事な朱色で彩りを添えている。

「枝を少しもらって部屋の中に飾りましょうか?」

甜花は振り向いて長椅子に横になっている主人に伺いを立てた。

「ああ、いいぞ。甜々《テンテン》がその木を好きならいくらでも飾るがいい。いっそ庭をその木で埋めつくそうか」

「いえいえいえ」

甜花は急いで手を振った。陽湖が冗談を言っているのではないことは、しばらく仕えてわかった。

彼女はいつでも本気なのだ。

もちろんからかったり冷やかしたりしてくることはあるが、こと甜花に関しては常に本気だ。

　彼女は甜花のことを最初から甜々という幼名で呼んだ。祖父の士暮《シグレ》とは知り合いで、そのためか主人が下働きに向ける以上の親しみと愛情を注いでくれる。ときに甜花がうろたえるほどに……。

　窓から姫楓の葉が一枚、風に吹かれて舞い込んできた。その愛らしい葉は横たわる陽湖のそばにまで飛んできた。

　陽湖は指先を伸ばしてその葉を捕まえ、くるりと回した。

「私の故郷、天涯山《テンガイザン》にもこの木はたくさん生えていたよ。秋が深まれば山々は赤や黄金に染まって綾錦とはこのことよ、と毎年思う」

　ただの葉が、白魚のような指先に載せられただけで深紅の宝石のように見える。白銀の髪と同じ色の長い睫毛にけぶる青玉の瞳。葉ではなく、人があんなに慈愛に満ちたまなざしで見つめられたら、恍惚として倒れてしまうかもしれない。

　甜花はいつも、ふとした拍子に主人に見入ってしまう。第九座で働き始めて二ヶ月になるというのに、いまだにその美貌に慣れない。

　甜花の望みは後宮の大図書宮《だいとしょぐう》で働くことだ。

　かつて『知の巨人』と呼ばれた甜花の祖父、士暮水珂《スイカ》。彼が遺した数々の記録、知の集大成である書物を散逸させず保管、利用できるよう後宮に納めたい。そのために大図書宮の書仕《しょし》になる。

そんな大目的があったのに、このまま陽湖のそばにいたいとも願ってしまう。それほど主人は魅力的すぎた。

「甜々ったらぁ……また陽湖さまに見惚れてるにゃあ」

日当たりのいい窓際に敷かれた毛皮の上で寝ころんでいる你亜《ニア》が、おかしそうに言う。你亜は陽湖が故郷から連れてきた侍女だ。下働きである甜花よりは身分が高い。育った地域の方言なのか、特徴的な語尾の言葉を使う。でも本人に似合ってかわいいので気にならなかった。

たいていは部屋の中で転がっているが、陽湖はそんな彼女を特に注意もしなかった。

「人の顔なんて薄皮一枚のことなのに、にゃ」

「你亜さん、それはいくらなんでも夫人《おくさま》に失礼ですよ」

事実を指摘されたこともあったが、その言い草はないだろう。甜花はかなりむっとして你亜を睨んだ。仮にも自分の主人なのに、と。

「陽湖さまの素晴らしいところはお顔だけではないと言いたいのじゃ、你亜は」

陽湖のもう一人の侍女、銀流《インリウ》が熱い茶を茶器にいれて運んできた。本来は下働きである甜花の役目だが、陽湖の身の回りのことはほとんどこの銀流が世話をしていた。雪人形のように色白で抜き放った刀身のように細身の女だ。長い銀色の髪を首の辺りで結んで流している。いつも少し古めかしい物言いをする。

「それは存じておりますけれど」

どこか教師のような風格のある銀流には、甜花も反論できない。もちろん彼女の言うように陽湖の素晴らしいところは容貌だけではない。その知恵も行動もこの二ヶ月でよく知っている。

「もうよい、銀流。そんなに褒められるとむずむずして出さなくてもいいものが出そうだ」

陽湖が苦笑し、銀流から茶を受け取った。

「紅天《ホンチャン》、なにか一節やっておくれ」

陽湖が言うと、窓辺に座って外を見ていた小柄な少女がぴょんと床の上に飛び降りた。真っ赤な髪を少年のように短く切って、丸い大きな目をきらきらさせている。

「じゃあ姫楓の歌を歌うよ」

紅天と呼ばれた召使の少女は澄んだ声を響かせた。いつも陽湖の求めに応じて歌を歌う。明るい歌も切ない歌も、彼女に歌えない歌はない。

「紅天さんはほんとうに歌がお上手ですね。でも歌って絵や刺繍のように残しておけないから残念です」

紅天の歌はほとんど即興だ。いくつか気に入りの歌以外はその場限りのもので、もう一度歌ってほしいと頼んでも少しずつ変わってゆく。

「歌が氷や繭のように、固めてそばに置いておけるようになればいいのに」

「おまえはおもしろいことを考えるな。それも人の知恵というものか」

甜花の戯言に、陽湖が感心したように言う。

「そんな。わたしは祖父から聞いた笑い話を思い出しただけです」

「笑い話？」

「ええ、雪の深い場所ではとても寒くて言葉も凍ってしまうんですって。それで凍った言葉は地面に落ちて雪が積もって……そして春になって雪が溶けると言葉も溶けて、あちこちで言葉だけがおしゃべりをするっていうんです」

「それはすごい！」

陽湖が驚いた声をあげた。部屋にいた他の女たちもびっくりしている。

「え、いえ、これはお話です。作り話。ほんとにそんなことがあるはずありません」

全員の真面目な反応に甜花のほうが驚く。

「その話を知ってたので、紅天さんの歌もそうやって凍らせておいて、好きなときに聞ければいいなと思っただけなんです」

「なぁんだ、嘘ですのね」

責めるように言うのは部屋の隅でビーズ編みをしている白糸《パイルー》だ。

「甜花はいつもそんなでたらめばかり」

「でたらめって……そりゃあ本当のお話じゃありませんけど」

「人ってどうしてこう役にも立たない無駄な話ばかりするのかしら。そんなくだらない話では腹もふくれないし、温かくもならないというのに」

白糸はかわいらしい顔をつんと横に向けて言い捨てた。彼女は最初から甜花にあまりよい感情を持っていないようだった。

「でも、お話でひとときでも楽しくなれば」

「楽しいって役に立つんですの？」

白糸は甜花を見もしないで言う。

「役に立つとかそういうのは……」

「紅天の歌を留めておきたいとか、そういう考えがくだらないって言うんですの」

「いや、白糸。私はそういうことを思いつきもしなかったよ。それが人間の力ではないのかな」

不意に陽湖が口をはさんできた。

「どんなバカなことでも一から思いつくのが人だよ。そして考えついたらそれをなんとか形にしようと努力する。今は夢のような魔法のような考えだが、もしかしたら遠い将来には叶っているかもしれないじゃないか」

「陽湖さま……！」

陽湖が自分をかばってくれたのも、人の思いつきに未来を見てくれたことも嬉しくて、甜花は思わず声をあげた。

「大昔、人は獣と同じように洞窟に住んでいた。それが今ではこんな立派な館を建てるようになった。洞窟に住んでいた頃の人間にこの館の話をしたら、夢のようだと言うだろう。夢を叶える力を持つことが人と獣の違いなのかもしれんな」

「陽湖さまは人びいきがすぎますの」

白糸は持っていたビーズ編みを乱暴に自分の膝に叩きつけた。そのせいで、鮮やかな硝子《がらす》の粒が床に零れ落ちる。

「……白糸さんは人がお嫌いなんですか……？」

甜花は自分の足下にまで転がってきた光る粒を拾い上げて呟いた。

「ええ、嫌いですわ。人は我が物顔で野や山に入り込んで虫や動物たちを傷つけるんですもの。人なんていなければ戦も起こらないし世の中は平和ですわ」

「白糸さんだって人じゃないですか」

「あたくしは……っ」

叫ぼうとした白糸の背中にいきなり紅天がのしかかった。

「そこまでだよ、白糸。あんたの人嫌いはよく知ってるけど、甜々に文句を言っても仕方ないじゃないか」

紅天は白糸の頭のおだんごをぎゅうぎゅうと押した。

「ごめんね、甜々。気を悪くしないで。白糸は以前、山で知らない人間に自分の友達を傷つけられたことがあるんだよ。それで……」

「あ、いえ。そういう気持ちはよくわかります。わたしだって……」

人を嫌いになったことはある。自分の力のせいだ。

普通の人には見えない、心を残して死んだものの姿……鬼霊《キレイ》が視えるために周囲の人間に疎まれたことが何度もあった。祖父がいなければきっと人を拒絶してしまっていただろう。

「なんですの、紅天。やめてちょうだい」

白糸は頭を押さえつける紅天を払いのけた。甜花は拾い集めたビーズを白糸に差し出した。

「白糸さん、いつか白糸さんが楽しめるようなお話を探しておきます」

「いらないですわ」

白糸はビーズを受け取ると部屋の隅へ移動した。壁に向いて再びビーズを編み始める。

「そういえば陽湖さま。もうしばらくしたらまた西の広場で市が立ちます。お出ましになりますか？」

甜花は気分を変えるために明るい声で言った。だが陽湖は「いや」とゆるく首を振る。

「おまえが行って好きなものや珍しいものを買っておいで」

「え、いらっしゃらないんですか？」

「その日は雨が降るようだからね。雨は苦手なんだ」

「雨……？」

甜花は窓から空を見た。高く澄みきった空が広がっている。

「そんな先の天気がおわかりになるんですか？　陽湖さまは」

陽湖は答えずニヤニヤしているだけだった。


その日、雨が降った。

朝から絹糸のような細い雨がしとしとと降っている。その糸は柔らかいのに肌を刺すように冷たかった。

「陽湖さまのおっしゃった通りになった……」

甜花は下働き部屋を出ると陽湖の館、第九座に朝食を運んだ。

「甜々、市に行くのだろう？　これを」

陽湖は甜花に金の入った革袋を渡した。

「私たちになにかひとつずつ土産を買ってきてくれ。おまえもちゃんと買うんだぞ」

ずっしり入っていてのぞくのが怖い。でもなにか土産と言われても困る。なにせ自分は人に贈り物をしたことがない。

「ど、どんなものがよろしいでしょうか？　なにかお好みはございますか？」

甜花はおそるおそる聞いた。そんなもの自分で考えろと叱られるだろうか？

「うん、私はなんでもよいぞ。甜々が選んでくれたものならどんなものでも嬉しい」

あ、一番役に立たない意見だ。

「你亜はおさかながいいにゃあ」

ナマモノは扱っていいただろうか？

「わたくしは特に必要ありません、節約してください」

銀流さんは現実的だ。

「紅天はなにか音が出るものがいいな！」

どんなものでも叩けば音がでると思うが。

「あたくしもいりませんわ、だいたい甜花の選ぶものが気に入るはずありませんもの」

白糸さんはどうしてこう喧嘩ごしなのか。

館を出て甜花は大きくため息をついた。こういうお任せの仕事はできればしたくない。言われた通りに働くほうが楽だ。

(でもそう言ってばかりもいられないわね)

甜花は雨にけぶった庭を見つめた。

「よし、さっさと行って買ってこよう」

長下衣《スカート》の裾をつまみあげると、地面に飛び降り、西の門目指して駆け出した。


西の門の前にある広場は、雨だというのに賑わっていた。后や妃のように身分の高いものはあでやかな華傘を差し、召使以上のものはつばの広い雨笠をかぶっている。髪や服を濡れっぱなしにしているのは下働きたちだ。

各店は、日除けを普段より長めにして雨を避け、品物が濡れないよう高い台座に商品を置いている。後宮での商売は手間をかけてもそれ以上にうまみがあるということか。

甜花は店をくるくると回って、第九座の女性たちのために商品を買い求めた。喜んでもらえるだろうかと楽しさ半分怖さ半分。それでも買い物自体は楽しかった。

さて、全員の土産を買って、最後に自分の分を、と考えた。なにも買わなければ陽湖が気にするだろう。

普段に使える靴か下着か……書物があればそれ一択だったがあいにくなかった。

たくさんの店が並んでいる中、ひときわ人が集まっているところがある。ちらっとのぞいたときには花を扱っていたので通り過ぎたのだが、いまだに人で込み合っているのはなにか珍しい花でも置いているのだろうか？

甜花が人波の間から顔を出すと、台の上にずらりと並んでいたのは手のひらに載るほどの小さな鉢植えだった。そこには葉のない丸い緑色の植物が植わっている。

「おや、お嬢さん、興味あるかね」

鉢植えを扱っている商人はひょろりとした枯れ木のような老人だった。

「ええ、おもしろい形の……草？　木？　なにかしら、それ」

「これは天人掌《てんにんしょう》じゃよ。砂漠に生える葉のない草体《そうたい》じゃ」

「天人掌？　初めて見たわ、これがそうなの？　でも、棘がないわね」

名前と絵だけは祖父の持っていた図鑑で見たことがある。だがそれらにはたいてい鋭い棘がついていたはずだ。

「よくご存じだ。確かに普通の天人掌には細かい棘がある。だが天人掌にもいろいろあってね、これは棘自体も捨ててしまった草体なんじゃよ。棘がないから後宮の娘さんたちにもかわいがってもらえると思ってね」

老人は、ほれ、と鉢植えを甜花に差し出した。

「今日はこれをみなさんに無料でお分けしておる。お嬢さんも持ってらっしゃい」

「無料で!?」

それならこの店に人が群がるわけだ。ただより嬉しいものはない。

「天人掌は水もほとんど必要ないし、窓辺に置いておくだけで勝手に育つ。もう少ししたら花も咲く。楽しみにしなされ」

後宮の女たちが次々に手を差し出し、老人はその手に鉢を載せていった。

「天人掌……」

甜花は小さな鉢の上のまん丸なかわいい緑色の植物を見つめた。

自分の楽しみのためだけに育てるものなんて、後宮に来てから初めて手に入れたんじゃないかしら。

(これをわたしのお土産にしよう)

甜花は鉢を胸に押し当てた。

(陽湖さまにもらったお金を無駄には使えないもの)

女たちは先を争うようにして商人から鉢植えをもらっている。甜花はそんな彼女らの輪の中から出て、飛び跳ねるような足取りで館へ戻った。

「さあて、なにを買ってきてくれたのかな？」

満面の笑みの陽湖に言われて、甜花はひきつった笑みを返した。買ったときはいいものだと思ったが、いざ、渡すとなると自信がなくなってしまう。

「あのう、……もしお気に召さなければちゃんと言ってくださいね、すぐに別なものを買ってまいりますので」

甜花は小さな声でそう言うと、陽湖に紙包みを差し出した。

陽湖はいそいそとその包みを開け、中から出てきたものに目をみはった。

「おお、これは……」

それは色鮮やかな糸で編まれた靴下だった。

「これから寒くなります。陽湖さまはいつも素足で、お寒そうでしたのでこれはどうかなと思いまして」

「ほうほう」

陽湖は靴下を持って上にしたり横にしたりひっぱったりした。

「これは、足に履くものだな？」

「そうです」

「そうか、あまり履いたことがなかったが」

陽湖はすぐに身を屈めて靴下を足の先にかぶせた。

「おお、温かいぞ！　なるほど、これは便利だ」

「あのう、普段靴下はお履きにならないのですか？」

「うむ、ずいぶん昔に履いたきりじゃな、履き方も忘れてしまった」

なるほど、それでつま先にだけかぶせているのか。

甜花は床に膝をつき、靴下を伸ばして陽湖のかかとからくるぶしまでを覆った。

「おお！　さらに温かだ！」

陽湖が驚いている。本当に靴下を履いていなかったらしい。

「ありがとう、甜々。気に入ったぞ」

陽湖が甜花をぎゅっと抱きしめた。豊かな胸に顔を押し付けられ、その弾力に溺れそうなる。

「え、えっと、それから你亜さんには……」

呼吸が止まる寸前に胸から脱出し、甜花は你亜に紙包みを渡した。

「生きているおさかなはなかったんです。これはどうでしょう？」

「にゃあ」

你亜はくんくんと紙包みの匂いをかいだ。

「おさかなの匂いがするにゃあ！」

紙を開くと干した魚の束が出てきた。

「あぶって食べるとおいしいそうで……あっ！　そのままだと固いって！」

你亜は甜花が止めるまもなく干し魚に噛みついた。

「にゃあ！　おいしいにゃ！」

そのまま部屋の隅に走っていってしまう。

「你亜さん、猫みたい」

甜花は苦笑して今度は銀流に小さな包みを差し出した。

「銀流さまは必要ないとおっしゃいましたが、これを見たとき、銀流さまにお似合いだと思いまして」

包みから出てきたのは青い石のついたかんざしだった。

「銀流さまの髪に映えるかと思いました」

「……」

銀流は両手でそのかんざしを受け取った。

「こんな、身を飾るようなもの……」

「やっぱりお気に召さなかったでしょうか？」

銀流はじっとそのかんざしについている石を見つめた。

「いや。この石はわたくしの故郷の湖の色によく似ておる……ありがとう、甜花」

常に表情のない銀流が、ほんのわずか口元を緩めた。

めったに見ることのできない銀流の笑みに、甜花は褒美をもらったような気分になった。

「紅天さんにはこれを」

差し出したのは鳥の形をした石の笛だ。

「山鳥笛というそうです。紅天さんならこれですてきな曲を作ってくださいそうで」

「わあ！　嬉しいな！」

紅天はそれをさっそく唇に当てた。ピーヨ、ポポポとかわいらしい鳥のさえずりのような音がする。すぐに使い方を心得て、紅天は短い曲を吹いた。

「すごい、すてきだ！　甜々、ありがとう！」

紅天は甜花に飛びついてぐるぐる回る。甜花も一緒に回って笑った。

そして最後に……。

「あの、白糸さん……」

差し出したのはきれいに彫刻がほどこされた四角い箱だった。

「先日、使ってらっしゃった竹の編み棒が折れたとおっしゃってたので、こういうのどうかな、と思って」

それはさまざまな太さの編み棒が入った箱だ。編み棒はどれも金属でできている。

「……」

白糸はきらきらと輝く編み棒を見つめた。

「編み棒なんて自分の手になじんだものが一番ですのよ。使い勝手がいいかどうかだって手にしてみないとわからないし、それに編み棒ばかりで糸がないじゃありませんの。あたくしに空気を編めとおっしゃるの」

白糸は大きくため息をついて首を振った。

「やっぱり、わたしの考えじゃ……」

甜花は泣きたい気分になった。一番悩んで考えて選んだのだが。

「……でももったいないからもらってあげてもよろしくてよ」

白糸はぷいと横を向いて言う。

「ちょうど陽湖さまに肩掛けを編んでさしあげようと思っていましたから。まあ……ないよりはましですわ」

最後の言葉は口の中で呟くように言われたが、甜花の耳にはしっかりと聞こえた。

甜花はほっと胸をなで下ろした。

「それで甜々、おまえはなにを買ったのだ？」

甜花と白糸のやりとりをおもしろそうに見ていた陽湖が聞いた。甜花はそこで鉢植えを取り出した。

「これです」

「なんじゃ、それは」

銀流が細い眉をひそめる。

「天人掌の一種です。砂の国に生える植物で、葉がないんです」

「それ、おいしいのかにゃ?」

部屋の隅で干し魚を食べていた你亜が振り向いて言う。

「どうでしょう? 食べられるものとは言ってませんでした。でももうじき花が咲くそうです」

「こんなの見たことない。変なの」

紅天が目を丸くして鉢植えを見た。

「変わっててておもしろいでしょう? どんな花が咲くのか楽しみです」

甜花は全員を見回して言った。

「みんなにいろいろ買っておいて自分はそんなつまらないものでよろしいんですの?」

白糸が呆れた声音で言う。

「わたしが楽しみにしているからいいんです」

甜花は唇を突き出した。その頭に陽湖の手が乗せられる。

「そうだぞ、白糸。なにが大切なものかは、その人間が決める。他のものがつまらないと決めつけることはない」

陽湖の優しい手で頭を撫でられ、甜花は嬉しかった。

「花が咲いたら一番に陽湖さまにお見せします」

「そうか、では私も楽しみにしていよう」

そうして月に一度の市の日は暮れていった。

二

市の日からしばらく経ったその日。

甜花が見た夢は素晴らしいものだった。

彼女がいるのはお菓子の館だ。

柱も床も天井もふかふかとした蒸し菓子でできており、机や椅子は木の実の入った焼き菓子、窓からさがる布は薄い飴だった。

そんな館の中で、さらに目の前にどっさりお菓子を出されている。

「さあ、甜々。なんでも食べてよいぞ」

そうにっこり笑って言ってくれるのは陽湖だ。

陽湖は綿菓子でできた柔らかな長衣を着ていて、動くたびに甘い香りを漂わせていた。

干した果物や蒸し饅頭、油で揚げて砂糖をまぶしたねじり揚げ、小麦と牛の乳をあわせて焼いた焼包《パン》、パリパリと軽く焼き上げた煎餅。どの菓子にもたっぷりと蜜がかかっている。

「これは夢よね」

感動のあまり目に涙をにじませ、甜花は辺り一面のご馳走を見渡す。

「食べようと思ったら消えちゃうんだわ。そうなったら悲しいから食べないほうがいいかしら」

悩む甜花に陽湖が笑う。

「食べても食べなくても消えてしまうなら、食べてみたほうがよくないか？」

まったくその通りだ。

甜花は一番近くにあった丸い蒸し饅頭に手を伸ばした。温かくてふわふわしている。いい香りだ。蜂蜜の香り。

（消えないで）

甜花は口のそばに饅頭を持っていった。

（せめて一口食べるまでは）

唇に触れさせても饅頭は消えなかった。柔らかな感触。甜花は思い切って饅頭を口の中に入れた。

はむ。


食感はあった。だが、味はしない。

甜花は目を覚ました。

口の中には掛け布団の端がある。

「あああ」

あくびともうめきともつかない声をあげ、甜花は伸びをした。

(やっぱり夢だった。食べなければずっとお菓子に囲まれていたのに)

それにしてもなぜあんなにおいしそうなお菓子の夢を。

その原因はすぐにわかった。甜花が寝ている下働き部屋の中に、蜜の甘い香りが漂っていたからだ。

「なにこのいい匂い……」

誰かがこっそり蜂蜜のお菓子でも持ち込んだのだろうか？

その香りは窓辺からしていた。

下働き部屋の窓は高価な硝子など入っていない。漆喰壁を円《まる》くくり抜いてあるだけで、部屋ごとに使うものが布をはったりすだれ板を立てかけたりしているだけだ。

甜花はその窓に鉢植えを置いていた。市でもらった天人掌の鉢だ。

「わあ！」

天人掌に花が咲いている。太陽のように丸くて黄色い、たくさんの花びらを持ったかわいらしい花だ。甘い匂いはこの花の香りだったのだ。

「なんて甘くておいしそうな匂いなの！」

同じ部屋の下働きたちも起きてきて、花の香りに気がついた。

「まあ、すごくいい匂いね」

「おなかがすいちゃう！」

甜花は嬉しくなって鉢を両手に持ち、部屋の中を回った。

「お部屋の中がいい匂いね！」

下働き部屋を出ると、外も甘い香りで満ちていた。もしかしたら市で鉢をもらった他の娘たちの天人掌も咲いているのかもしれない。

「昨日までつぼみもなかったのになんて変わった花なのかしら」

召使以下の使用人が使う水場――顔を洗ったり簡単に茶をいれる水をくんだりする場所は、洗濯房のそばにある。

洗濯房が使う水は川から引いているのだが、それと同じ水を使うためだ。

甜花が顔を洗いに行くと、先に明鈴《メイリン》が来ていた。

明鈴は甜花のような館付きとは違い、後宮全体の下働きの少女だ。どこの房の仕事をするかは決まっておらず、呼ばれればどこへでも飛んでいく。

本来は商家のお嬢さんで花嫁修業のために後宮へ来ており、ここで働くことのつらさや楽しさを学び中だ。

「おはよう！　甜々」

明鈴は甜花が声をかける前に、気づいて挨拶してくれた。

「また遅れた……」

「え？」

甜花の呟きに明鈴が首をかしげる。

「今日こそわたしが先におはようって言おうと思ったのに、また小鈴《シャオリン》に言われちゃったなって思って」

明鈴は目を丸くし、それから明るい声で笑った。

「わかったわ、じゃあこれから甜々が挨拶するまで声をかけないから」

「それもつまんない」

「もう、甜々ってばわがままね」

明鈴はまた笑う。笑顔のかわいい明鈴は後宮でできた甜花の友人だ。洗濯物で困っていた彼女を助けたのがきっかけで親しくなり、今では「甜々」「小鈴」と愛称で呼び合っている。

二人で笑い合いながら水場を使う列に並ぶ。毎朝明鈴とこうして短い話ができるのが嬉しかった。

「そういえば今朝同じ部屋の子が持ってた花が咲いたのよ。すっごいいい匂い！」

明鈴が甜花に肩をくっつけながら言った。

「あ、それって天人掌じゃない？　黄色い花の」

「そうそう。名前は知らないけど黄色い丸い花よ。あの匂い嗅いだら、家で作ってた蜂蜜掛けの花梨糖《かりんとう》を食べたくなったわ」

「わたしも持ってるの。市でもらったのよ。砂漠の花なんだって」

明鈴と知っているものについて話せるのが嬉しくて、甜花は笑った。

「へえ。砂漠の花なの。だからあんなにすごく香るのかしら」

「え？」

「だって砂漠なら強い匂いじゃないと虫を呼べないじゃない？」

「あ、そうか……」

なぜ花が香るのかなんて考えなかった。明鈴は本なんか眠くなるから読まないと言っていたけれど、思いつきや考え方は時折甜花を驚かせる。

友達がいると、こんなふうに考え方が広がるものなのだ。

「他の部屋の子も花を持っていたわ。いっせいに咲いたのかしら？　でもあたしの部屋には、あの花の匂いがきつすぎるって言う子もいるの」

明鈴が続けて話すのを聞き、そうか、とも思う。確かに甘く強い匂いだから好きずきがあるだろう。

咲いたら陽湖さまに持っていこうと思ったけれど、一度お尋ねしたほうがいいかもしれないわね……。

列が進んで水場を使う番になった。五、六人がいっせいに使えるように長方形に作られた石の前に立つ。目の前の四角い木の栓を取ると、水が噴き出してくる。川の水そのままなのでかなり冷たい。

それで顔を洗い、房楊枝を使って歯を磨く。貴人は塩を使ったり真珠の粉を使ったりするらしいが、使用人は水だけだ。

「あー、冷たい！」

「目が覚めるわね」

洗いっぱなしの顔を風に向けると凍りつきそうで、急いで布で顔を拭いた。

「じゃあ行きましょうか」

洗顔をすますと後宮の使用人たちは広間に集まる。

毎朝、館吏官《かんりかん》やそのほかの官吏たちからその日の予定や新規の伝達事項の連絡などがあるためだ。

館吏官長の鷺映《ロエイ》は壇上に上がると集まった女たちを見回した。

「本日は皇帝陛下がおいでになる」

鷺映の言葉に、さざなみのようなため息が広場を満たした。

陛下のおいではいつも突然なので、こんなふうに始めから予定に組まれていることは珍しい。

「陛下は一后から順に巡られる。四后、九佳人のお館、その道行きの途中で陛下をお見かけしても」

話の途中で珍しいことに鷺映が言葉を切った。手で顔の前を払う。虫が飛んできたらしい。

「――決して声をかけたり、はしたない振る舞いをしたりしないように」

そのあとは給金の支給手続きについての案内と、庭の冬支度のため一部区画が立ち入り禁止になるという伝達が続いた。

「最近陛下のお出ましが多くて嬉しいわね」

明鈴がこっそり甜花に耳打ちする。

「そうね」

「陛下はどなたを選ばれるのかしら」

「お后さまたちの中からじゃないかもしれないわよ、小鈴かもよ」

「やだ、甜々、喜ばせないで」

明鈴が身をくねらせる。そう言ってもきっと彼女はとっておきの髪飾りをつけて仕事にいそしむだろう。

甜花は不意に自分と陛下の関係を明鈴に言いたい気持ちに駆られた。

「あのね、小鈴。わたし、子供の頃、陛下のお兄さまにお嫁になってって言われたことあるのよ！」

……なんて、言わないけれど。

そんなことを言えば陛下の兄上、瑠昂《ルコウ》さまが毒殺されてしまったことまで、うっかり口にしてしまうかもしれない。

人は秘密を守れないものだ、自分も含めて。

明鈴の口からその話が広まれば、彼女の身に危害が及ぶかもしれない。政治に関することはどんな些細なことでも恐ろしい。

それにそんな話をして、璃英陛下に特別視されているなどと明鈴に勘違いされても困るし。

(でもきっと陛下は陽湖さまを特別に思し召してらっしゃるわ)

第九座の館でくつろいでいた璃英の姿を覚えている。いつもの冷たい仮面がはずれて、若々しく穏やかで優しい表情だった。

そう、図書宮の中でもあんな顔でわたしを見て……。

(いやいやいや)

急に頭を激しく振った甜花に明鈴が驚いた目を向ける。

「どうしたの？　虫でもいた？」

明鈴が空中を手で払う仕草をする。確かに羽虫が多い。

「ううん、ちょっとバカなこと考えて」

甜花は曖昧に笑った。

館吏官長が最後に「今日も励むように」と告げ、朝の訓辞は終了した。ここからは下働きも召使も各自自分の仕事場へ向かう。

「じゃあ小鈴。わたし、第九座へ行くわ」

「うん、今日もがんばろうね」

「あとで会えるといいな」

「きっと会えるわ、甜々またね！」

明鈴が胸の前で手を振る。甜花も両手を振った。

友達ってなんてすてきなの、また次に会えると思うだけでその日を乗り越える力になる。

だがその大切な友人に甜花はいくつも秘密を抱えている。

陛下のこともそうだが、一番の秘密は自分の能力《ちから》のこと。

鬼霊《きれい》が見える……この力。

第九座の住人たちはそんな自分を受け入れてくれた。だけどまだ明鈴に告げるのは怖い。

いつか話せるといいんだけれど。


洗濯房から第九座へ向かうまでには広い庭を通り抜ける。どの季節でも多彩な植物が花をつける庭だが、今日はそこに甘い香りが漂っていた。

天人掌の香り……こんなところにまで。

本当に明鈴の言うように、みんなの鉢がいっせいに花をつけたのかもしれない。

甜花は顔を上げて甘い香りを吸い込んだ。

「ああ、おなかへった……」

しかし下働きの朝食は主人のあとだ。早く陽湖さまに朝食をとってもらわなければ自分も遅くなる。

「急ごう」

走り出そうとしたとき、目の前にいきなり大きな蝶がふわりと現れた。

「きゃっ！」

顔のすぐそばを通られ思わず悲鳴が出る。こんな季節に見るには珍しい揚羽蝶だ。

「甘い匂いに誘われたのかしら……」

ふわふわと飛んでゆく黒く大きな翅《はね》を見送り、甜花は第九座の館へと急いだ。


「おはようございます」

第九座の館に着いて扉を叩く。

いつもならすぐに白糸が不愛想な顔で開けてくれるのに、今日は時間がかかった。

「……」

ようやく開けてくれた白糸はいつにもまして不機嫌な顔をしていた。

「おはようございます、白糸さん」

「そんなに怒鳴らなくても聞こえますわ」

「す、すみません。大声でしたか」

謝りながら部屋に入ると、紅天、銀流、陽湖、そして珍しく你亜が起きていた。奇妙なことに你亜の目の周りには青あざがついている。

「ご報告です。今日、皇帝陛下のお出ましがあります。四后から順に回られるので、こちらへは夕刻になるかもしれません」

「またか。あやつはヒマなのか？」

陽湖はうんざりした調子で言った。

「陽湖さま。陛下のお出ましはありがたいことではありませんか」

「第九座《うち》には来なくていいと伝えておいてくれ」

「そんなわけにはいきませんよ」

「甜花、あなた、陽湖さまの言いつけに従わないっておっしゃるの!?」

突然、軋るような声で白糸が叫んだ。

「たかが下働きが主人に口答えするなんて、どういうつもり!?」

「……白糸」

陽湖が眉をひそめる。

「なにを言っている。甜々が口答えだなどと。私とて冗談のつもりで言ったのだ」

「陽湖さまは甜花を甘やかしすぎですわ、甜花なんて所詮ただの人の子ではありませんか！　大妖《たいよう》たる白銀さまの……」

そこまで言ったところで紅天が飛びかかり白糸の口を押さえた。

「なにをなさるの！」

「白糸、あんた朝からおかしいよ！」

「なにがおかしいのよ！」

紅天と白糸は二人でとっくみ合いになりながら床の上を転げ回った。

「あ、あの、やめてください……」

甜花は突然始まった二人の喧嘩になすすべもなく、救いを求めて陽湖を振り返った。

陽湖はやれやれといった顔で、しかしなにをするでもなく見守っている。

「白糸は今朝から少し機嫌が悪いのだ」

「どうなさったんですか」

「わからん。起きたときからこうで、誰かれかまわず喧嘩を売っているのだ」

「你亜なんて殴られちゃったにゃあ」

你亜は顔を触りながら言った。青あざは白糸が作ったらしい。

そうしているうちにも紅天と白糸の喧嘩は激しくなり、とうとう紅天が白糸を背後から押さえつけて自分の腰ひもで腕を縛り上げてしまった。

「もう、白糸は部屋にこもってろよ！」

「放しなさいよ！　放せってば！」

白糸は紅天の下でじたばたと足を振る。一瞬その足が四本ほどに増えて見え、甜花は目を擦った。

バサリとその白糸に大きな布がかけられる。陽湖が自分の座っている長椅子の敷物を放ったのだ。

「銀流、白糸を別室へ」

陽湖が言い、銀流がするすると動いた。布の下になっても暴れる白糸を布ごとひょいと抱え上げる。岸辺の葦のように細いのに、どこからそんな力が出るのか不思議だ。

「放せ！　放せえ！」

「本当にどうかしていますよ、白糸」

銀流は白糸を抱えたまま居間を出ていった。紅天は床に座り込んだまま、ふくれっ面でぐしゃぐしゃになった髪をかき回している。

陽湖は豊かな胸の下で腕を組み、なにか考え込んでいるようだ。

「……今日の陛下のお出ましは、やはりやめたほうがよいと思うな」

「え？」

「なにかいやな予感がする。甜々、おまえはなにか感じないか？」

「いえ、わたしはなにも……」

「そうか」

陽湖は曇り硝子の向こうの庭を見つめた。

「なにか異変を感じたらすぐに私に伝えろよ？　いいな」

「は、はい――それでは朝食をお持ちします」

甜花はそう言うと第九座をあとにした。

庭はいつものように穏やかで美しい。変わったことといえばこの甘い香り……庭にまで漂う天人掌の香りくらいか。

しかしこれが陽湖の言う異変とも思えない。

「白糸さんの機嫌の悪さと関係あるのかしら……？」

甜花は首をかしげながら厨房に向かった。

三

陛下がいらっしゃる日は後宮全体の温度が上がっている気がする。

そう思いながら、甜花は第九座から出た洗濯物を抱えて回廊を歩いていた。

「もう陛下は四后さまのお館を回られた頃かしら……」

后や佳人の館のものたちばかりでなく、各房の召使や使用人たちも、さりげなく髪飾りをつけたり、薄く化粧をしたりしている。

新しい靴でうきうきと歩いている若い娘、洗濯したての頭巾で髪を覆う職歴の長い女性、外を歩いているものが多いのも特徴だ。どこで皇帝陛下に出会うかわからない、そんな僥倖を楽しみにしているのだろう。

「甜々！　甜々！」

聞き慣れた声に振り向くとやはり明鈴だった。庭の中を走ってこちらに向かってくる。また会えた！　と喜んだ甜花とは逆に、明鈴は必死な形相をしている。

「助けて、甜々！」

明鈴はやたらと両手を振り回している。よく見ると頭につけた花飾りに蝶がまとわりついているのだ。

「これ、取って！　やだ、もう！」

明鈴は甜花のそばに来るとしゃがみこんだ。甜花は手でからんでくる蝶を追い払おうとしたが、その手を避けてしつこく明鈴の花飾りに止まろうとしている。

よく見るとその花は天人掌の黄色い花だった。

「小鈴、この花をつけるのをやめたほうがいいわ。香りが強すぎて蝶を引き寄せるのよ」

甜花は明鈴の頭から天人掌の花を取り上げた。とたんに蝶が甜花の手のほうに寄ってくる。

「そんなあ。あたし、一五小厘でその花を買ったのにぃ！」

「蝶だけならまだしも、蜂も寄ってくるわよ？」

「ううう」

明鈴は悔しそうな顔をする。

「かわいいし、すてきな香りだからいい考えだと思ったのに」

甜花は葉を落とした桜の木の枝にそっと花を載せた。たちまちほかの蝶も寄ってきて、先を争うように止まる。

「なんだか今日は虫が多くない？」

明鈴は頭の上を手で払いながらぼやいた。

「そうねえ」

秋も深まったこの時期、こんなに蝶の姿が多いのは確かに珍しい。

「陛下がいらっしゃるから虫も浮かれているのかしら」

浮かれている？

甜花は天人掌に止まっている蝶たちを見た。おしあいへしあい、互いに花に頭をつっこんでいる蝶は、浮かれているというより興奮しているように見えた。

甜花ははずした天人掌の花の代わりに、明鈴の髪に真っ赤な紅葉の葉を挿した。

「こっちもかわいいよ？」

「そう？　ありがとう、甜々」

明鈴は天人掌を飾るのをあきらめたようで、甜花に礼を言うと自分の仕事場に戻った。

甜花は庭を眺めた。蝶に蜂、あぶや羽虫たち。景色だけなら夏のようだ。

（こんな寒いのに）

甜花は蝶が列をなして飛んでいくのを見た。蜂がぶんぶんうなりながら回っているのを見た。

（どうしちゃったのかな……）

そういえば花のない広場にも虫がたくさん飛んでいた。

甜花は顔の前を飛ぶ小さな羽虫を手で払いながら前へ進んだ。


医房で風邪気味の召使を診ていた医司《いし》のもとへ、バタバタと足音荒く駆け込んでくるものがいた。

「医房で走ってはいけません」

扉を押し開けた少女に医司は厳しく言った。だが少女は泣きながら医司の前に身を投げ出した。

「医司《せんせい》！　助けて！　蜂に刺されたの！」

「蜂ですって？　こんな季節に？」

驚いたが確かに娘の顔の右半分が真っ赤に腫れ上がっている。

「どんな蜂なの。大きな蜂？　真っ黒な蜂？」

「普通の、よく見る蜂です……」

医司は娘の患部をよく見た。痛々しく腫れてはいるが、この程度なら冷やしておけば治るだろう。

「蜂の巣にちょっかいでもかけたの？　陛下がおいでになっているというのにそんな粗忽なことを……」

「そんなことしてません。庭を抜けようとしたら急に顔の前に飛んできたのでびっくりして手で払っただけです」

「普通、蜂は攻撃しなければ刺さないわ。運が悪かったわね」

医司は風邪ひきの召使のために処方箋を書くと、次に蜂に刺された娘に塗り薬を出してやった。

「あとは冷やしておけば……」

そこへまたあわただしく駆け込んでくる足音が聞こえた。

「医房で走っちゃだめですよ」

廊下に向かってそう言うと、手伝いをしてくれている介添女《かいぞえめ》が焦った様子で顔を出した。

「医司《せんせい》、蜂に刺されたという患者が大勢来ています」

「えっ!?」

医司が廊下を覗くとたくさんの女たちが立っていた。みんなが腕や顔を腫らしている。ガタガタと震えているものもいた。

「どうしちゃったの？　みんな蜂の巣の上でも歩いたの？」

陛下がいらっしゃるということで忙しくなるのは園丁官たちだった。后や佳人たちが陛下をお迎えするために館を花で飾りつけるためだ。しかも、しおれた花は飾っておけないというので、一刻ごとに花を新しくしたがる。

春や夏ならまだしも、この晩秋に用意できるものは限られていた。なのにみんなが他の館とかぶらないようにと注文を寄せるので頭を悩ませてしまう。

「陛下が花のひとつひとつを覚えていらっしゃるわけがないのに」

一人の園丁官がぶつぶつ言いながら温室に入った。丹精込めて育てている南の花をいくつか用意するつもりだ。

「あら……」

地面にキラキラしたものが落ちている。身を屈めてよく見ると、それは虫の翅のようだった。

「この翅は……蜂かしら」

園丁官は花とともに生きるため、当然虫にも詳しい。

「なんで蜂の翅だけが……」

カチカチカチ……。

かすかな硬い音がした。親指と人差し指で円を作り、互いの爪を弾いているような音だ。

園丁官の背に寒気が走った。この音は知っている。この音は聞いてはいけない音だ。

おそるおそる顔を上げると目の前に真っ赤な逆三角形の顔があった。胴体と翅は真っ黒の烏蜂《カラスバチ》の顔だ。ふたつの大腮《たいさい》と呼ばれる大顎が閉じたり開いたりしてカチカチと音を立てている。

その後ろには食事中の烏蜂もいた。前脚で小さな花蜂を押さえつけ、首を引きちぎり胴体を食べている。翅は嚙み切って地面に落としていた。

「……」

園丁官はごくりと息を呑み、ゆっくりと後ろへ下がった。凶暴な烏蜂に出会ったら、大きな動きをせず、静かに逃げる。それしか方法がない。

カチカチカチ……。

だが、背後からも恐ろしい音が聞こえていた。

園丁官は立ち止まり周囲を見回した。いつの間にか数匹の烏蜂に取り囲まれている。

「た、助けて」

園丁官はのどの奥で声をあげた。温室の外にいる仲間を目で捜した。

「助けて――蜂が……っ、烏蜂が……ッ」

耳元で蜂の唸りが聞こえる。カチカチと牙を鳴らす音は烏蜂の嗤い声のようだ。

園丁官はしゃがみこみ、尻で這って後退した。だが、背中はかまどに阻まれる。

「……！」

彼女はかまどから火のついた薪を摑み上げた。それを蜂の群れに突き付ける。蜂は薪からつい、と距離をとった。

「あっちへおいき……ッ」

烏蜂はその場を旋回していたが、やがて一匹二匹と姿を消した。

園丁官は腰が抜けた状態で、しばらくそのまま動けなかった。

「助けて！」

「助けて、誰か！」

お使いの帰り、甜花は庭の奥から数人の女たちが走ってくるのに出会った。その後ろから薄い煙のように広がっているのは蜂の群れだ。

「な、なにあれ！」

思わず茂みの中に飛び込み身を低くする。蜂の群れは甜花の前を走り抜けた女たちを追って飛んでいった。甜花はその蜂が普段よく目にする花蜂だと見てとった。

「穏やかな花蜂が人を追いかけるなんて……」

いったい蜂になにをしでかしたのだろう。

館吏官たちが虫網を持って庭に駆けてゆくのも見た。あんな網で蜂を捕まえるつもりなのか。

それを見送って振り向いたとたん、蝶の群れの中に顔をつっこんでしまう。

「きゃっ！」

思わず手で払うが、蝶は逃げるどころか甜花のほうへ向かってきた。いや、蝶は人を襲ったりはしない。蝶は蝶道と呼ばれる一定の道筋に従い飛んでいるだけだ。

甜花は急いで頭を覆ってしゃがみこんだ。すると蝶の群れは人などただの障害物、とばかりに頭上を通り過ぎてゆく。

「ちょっと……変、よね」

ゆっくりと庭を進んでいった甜花は、その先で異様なものを見た。

虫だ。

虫が真っ黒な固まりになって一本の木の枝に群がっている。

（あ、あの枝）

昼間、明鈴から取り上げた天人掌を置いた枝だ。そこに虫が大量に群がっているのだ。

蝶だけではない、蜂もあぶも甲虫すらいる。花の上の虫、その上に虫、さらに虫、虫、虫……。

何匹もが折り重なり、地面には押しつぶされて死んでいる虫も落ちていた。

（異常だ、いくら甘い香りといったってこれはおかしい。陽湖さまがおっしゃっていた異変ってこのことかしら）

ぞっとしながら甜花は第九座に向かって走った。

「虫が大量に発生している?」

息を切らして館に飛び込んだ甜花に陽湖は首をかしげた。

「はい、原因は天人掌かもしれません」

「天人掌というのは以前おまえが買ってきた砂漠の花だな?」

陽湖はちゃんと甜花が言っていたことを覚えていてくれた。

「はい、今朝咲いたんです。わたしのだけじゃなく他の人のも。その花に虫がたかっていたんですが、その様子が怖いくらいで」

甜花は自分の見た様子を話した。陽湖はむずかしい顔をしている。

「今朝から後宮に漂っていた甘い香りはその花か?」

「そうです。お菓子のような強い蜜の香りです」

ふむ、と陽湖は豊かな胸の下で腕を組んだ。

「何人の女がその天人掌を手に入れたのかは知らんが、いや、もしかしたら何十人かもな。その花がいっせいに咲いたということか」

「その花、まずいかもにゃあ」

你亜が床にべったりと座ったまま言う。

「全部回収して処分するように言ったほうがいいと思うにゃ」

「処分、ですか?」

「あの花の香りはある種の生き物、つまり虫をおかしくさせるんじゃないかにゃ」

ドンドン、と居間と隣室を結ぶ扉が激しく音を立てる。甜花は居間を見回して白糸がいないことに気づいた。

では扉を叩いているのは彼女だろうか。

「あの、白糸さんはどうされたんですか？」

「白糸は具合がよくないので隣室で寝かせている」

それに応えるようにさらに強く扉が叩かれる。陽湖は扉のほうを見ず、甜花に強い視線を向けた。

「それより、陛下がいらっしゃるならその前に花を回収したほうがいい。もっともっと虫は増えるぞ」

「で、でもわたしの持っている博物誌にも天人掌は載っていますが、そんなふうに虫をおかしくさせるような事例はありません」

「普通の天人掌ならにゃ」

你亜がすうっと音もなく立ち上がり、窓の外を見た。硝子の外に見える庭を、黒い翅の大きな蝶が群れをなして飛んでいく。

「その天人掌……たぶん、妖物《あやかしもの》にゃ。師匠から聞いたことある。博物誌には載らない、闇の花にゃ」

「闇の花……」

你亜の師匠は以前後宮に現れた奪夢羅のことにも通じていた特殊な知識の持ち主だ。

そのとき、ドンッとさらに大きな音がした。扉の鍵が破られ、ゆっくりとこちらに開いてくる。

「あっ……!?」

その向こうにいたのは白糸だった。はあはあと肩で大きく息をして、髪も服も乱れぼろぼろになっている。

「う、あ、あ、……」

白糸は正気には見えなかった。顔を真っ赤に染め、目はうつろでよだれをたらしている。その状態でよろよろと部屋の中に進み出た。

「白糸！　部屋に戻れ！」

陽湖が命じたが白糸は聞こえない様子で歩いてくる。顔は甜花に向いていた。

「て、てん、ふぁ……」

白糸は絞り出すように言った。

「はな、……むしを、くるわせ……る……ああ、あ、あれヲ……ヨブ……」

「白糸さん！」

甜花は駆け寄って白糸のからだを支えた。

「あれってなんです！　なにを呼ぶっていうんです！」

「オウ……」

「おう？　王!?」

「ギャッ……ウ、ウ……ッ」

白糸は一度大きくのけぞり、次には自分の両腕を抱いて、ぎりぎりと爪を肌に食い込ませる。

「ア、アタシ……あんた、キライ……甜花……。役立たずの人間のくせに……陽湖さまに……あんなに……」

「白糸さん」

好かれていないことは知っていたが、はっきり言われると胸が突かれたように痛い。

「ダ、ダケド……あんた……アタシヲ好きになろうと……スル……あたしのこと……考える……うっとうしい……ッ」

白糸の口からよだれが溢れ、床にぼたぼたと落ちた。それは少し白っぽく見えた。よだれは糸となって白糸の口と床をつなぐ。

「人なんて……キライ……キライ……キライ……でも……てんふぁは……」

がくん、と白糸の膝が折れ、甜花も一緒になって床の上に崩れ落ちた。そのとき小さく白糸がなにか言った。

「白糸さん？」

聞き取れなかった。いや、本当は聞こえた。でもきっと聞き違いだ。白糸は自分のことをはっきりと嫌いだと言ったのだもの。

好きになってやってもいい、なんて。自分の願望が聞かせた幻聴だ。

紅天と你亜が両方から白糸を支えて立ち上がらせた。白糸はぐったりして意識を失っているようだった。

「白糸さん、どうなさったんでしょうか？」

「天人掌の香りのせいだな」

陽湖はため息をついて頭を振った。

「え、でもあれでおかしくなるのは虫だけですよね？」

「稀に人間にも影響が出るのだ。甜々、嫌な思いをさせたな」

陽湖は甜花の頬を両手で包んだ。青い目が申し訳なさそうな色を浮かべているのに、甜花は強く首を振った。

「そんなことありません。かえってやる気が出ました。わたし、絶対、白糸さんに認めてもらいます。第九座の一員になります」

「ああ。だが今は天人掌だ。甜々、急いで回収を始めろ」

「はい！」

四

甜花は急いで庭に出た。目の前を蝶や蜂が飛びかかっているので地面にしゃがみこむ。

「……天人掌の回収って言ってもどうすればいいの？」

両手の人差し指でこめかみを押さえる。いい方法が浮かばない。

また顔の前に羽虫がたかり、甜花は声をあげてそれを払った。そのとき、朝の訓辞で館吏官長も虫を払っていたことを思い出した。

「鷺映さまに申しあげるしかないわ」

元博物官である祖父、士暮と館吏官長の鷺映は知り合いだ。そのため孫の甜花の話もよく聞いてくれる。

妖物の花、闇の花。

博物官の孫である自分が知らない領域。悔しいけれど妖関係なら伱亜のほうが詳しいようだ。

祖父がよく言っていた。自分の無知を恥じることはない、新しい知識を得られたのだからむしろ喜べと。

この世は驚異に満ちている。それを目にし、耳にし、感じて記録に残す幸せ。

以前の牛鬼《ギユウキ》や奪夢羅の事件のことを甜花は帳面に記録している。今回の天人掌のことも書き込もう。その新しい知識を祖父の書物と一緒に後宮の大図書宮に収めるのだ。

甜花は館吏官房目指して、身を低くして用心深く進み始めた。


「館吏官長さま！　鷺映さまはいらっしゃいますか！」

甜花はなんとか蜂の群れに遭わずに館吏官たちが詰める房へ辿り着くことができた。入り口で数人の館吏官に止められたが、取り次ぎの手続きをしている暇はない。

「元博物官、士暮水珂の孫、甜花がお目通りしたいとお伝えください！」

そう叫んで待つこと数抄（一抄は一分）、甜花は鷺映のもとへ通された。

「士暮の孫だと言えば私が会うと思ったのか？」

言葉は冷たいものだったが、鷺映は笑みを浮かべていた。

「まあ、おまえには先の眠り病のときに世話になったからな」

後宮に蔓延した眠り病の原因が奪夢羅という妖の仕業だという甜花たちの報告を、鷺映は記録にこそ残していないが信じてくれたらしい。

甜花は両手を頭の上にあげ、まず非礼を詫びた。

「申し訳ありません、至急お伝えしなければならないことがありまして」

「なんだ？」

「虫です」

「虫？」

「後宮に虫が大量に発生しています。原因は天人掌です」

鷺映は夕日に黄色く染まり出した窓に目をやった。

「そういえば部下が虫が多いと言っていたな。陛下のお渡りの最中に差しつかえがあると網の使用を申し出ていた」

鷺映は話が早い。甜花は勢い込んで言った。

「それです。今朝、天人掌という植物の花がいっせいに咲きました。その花の香りが虫を異常に呼び寄せているようなんです。市で無料で配られていた花で、たくさんの人が手に入れているはずです」

「それは――士暮どのの知識か？」

背の高い背もたれに身をもたせて言った。甜花は唇を噛み、首を振る。

「いいえ、……第九座の侍女の知識です」

「その知識、信用に足るのか？」

「你亜さんは妖物の知識に長けています。実際、お庭に虫が大量発生しており、それは花が咲いた機と一致してます」

「妖物だと?」

鷺映は身を乗り出した。いつも厳しい表情がより険しくなっている。

「はい、你亜さんはその天人掌が通常のものではなく、闇の領域の花だと言っています」

「そのものはいったいどうしてそんな知識を……」

「鷺映さま」

失礼なこととは思いつつ、甜花は鷺映の言葉をさえぎった。

「今はそんな詮索より、虫の対処のほうが先です。陛下に障りがあると大変なことになります」

「ふむ」

鷺映は尖った顎を撫でた。

「先の事件のときもおまえと第九座の面々がそのようなことを申しておったな」

「信じていただけますか?」

言い掛けたとき、外からいくつもの悲鳴が聞こえた。

「なにごとか!」

鷺映が扉の向こうに声をかける。同時に外にいた館吏官が転がるように駆け込んできた。

「は、蜂です！　蜂の群れが！」

外へ向かって震える指を伸ばす。甜花と鷺映は部屋の外へ出て、房の入り口まで駆けた。すると次々と人が駆け込んでくる。

「鷺映さま！　蜂です、見たこともないほどたくさんの……！」

房の外へ出ると、庭の上に黒雲のように蜂の群れが集まっていた。甜花は目を細め、じっと蜂の群れを見つめた。

「なんということだ」

「大丈夫です、鷺映さま。あの蜂は花蜂や丸果蜂《マルカバチ》などの害のない蜂です。こちらから手をださなければ刺しません。でも……」

「でも？　なんだ⁉」

鷺映は甜花の言葉に噛みつくように言った。

「花蜂を狙って肉食の牙蜂《キバチ》、烏蜂が来る可能性があります。牙蜂たちは凶暴です。烏蜂は針に毒を持っています。逃げるもの叫ぶものを襲う可能性があります。一刻も早く花蜂たちを追い払わなければなりません」

「……花を処分すれば花蜂は飛散するか？」

「はい。餌の花蜂がいなくなれば牙蜂たちもそれを追って出て行くはずです」

鷺映は房へ戻ると蜂に怯えている館吏官たちに命じた。

「おまえたちはすぐに各房、下働きたちにふれを出せ。市で手に入れた天人掌を持っているものは焼却炉へ運び燃やせと。蜂は攻撃しなければ刺さないことも伝えよ。警吏官たちにも協力させろ」

「はい！」

館吏官たちは駆け出した。

「わたしも自分の天人掌を処分します。他の部屋にも声をかけてきます」

甜花は鷺映に告げると庭へ駆け出した。

翅を震わせる音が、今はウワアアと人のどよめきのように聞こえる。

(空気までが羽ばたきで震えているのかしら。肌がチリチリするわ)

甜花は自分の頰を手で擦った。

花の庭の上を黒い固まりがあちらにひとつ、こちらにふたつ、ときにはぶつかり合い、さらに大きくなってゆく。

後宮のあちこちで悲鳴があがっていた。群れに怯えた女たちが騒いで蜂を刺激し、刺されているのかもしれない。

花蜂の針はたいしたことはない、刺されても赤く腫れて痛むだけだ。だが烏蜂に刺されると高熱が出て、運が悪ければ死んでしまうし、牙蜂は人も喰らう。牙蜂は噛んだところから毒を入れ、得物を動けなくしてゆっくりと喰い進むのだ。

寒気が背中を這い上り、甜花はぶるっとからだを震わせた。

下働きの部屋に飛び込み、天人掌の鉢を取り上げる。それを抱え、隣の部屋にも飛び込んだ。案の定、黄色い花をつけた天人掌がいくつか置いてある。

それらも抱えて焼却炉へ走る。途中で警吏のものともすれ違った。彼らは「天人掌を出せ！」と大声で叫んでいる。間に合うだろうか？

走っている最中も、抱えている花を目指して蝶や蜂が飛んできた。甜花は腰に巻いていた黄色い布を外し、それを頭にかぶって虫の中を突破した。

焼却炉には何人もの女たちが集まっていた。赤々と燃える火の中で天人掌の黄色い花が焼かれている。焼いたらさぞかし甘い匂いがするだろうと思っていたが、どこか油くさい焦げた臭いがするだけだった。

甜花も火の中に鉢から引き抜いた天人掌を投げ入れた。花びらが火に焼かれ黒く縮んでいく。まるで身悶えているようだ。

（ごめんなさい）

甜花は心の中で謝っていた。

花は香りを出しているだけなのだ。虫がやってきて人が困るから焼いている。砂漠の中でわずかな虫を集めるために強い香りを出し、必死に生きている花に罪はない。

警吏たちが大きな袋を持って駆け込んできた。中にはきっと天人掌が入っているのだろう。彼らは袋ごと焼却炉に放り込んだ。暗くなった空に花の焼ける煙が白く上ってゆく。

（市で天人掌を配っていた店主……あの人は知っていて配っていたのかしら。だとしたらこんな騒ぎになるのはわかっていたはず。いったいなんのために）

甜花は焼却炉の炎から庭のほうに目を向けた。まだ蜂の群れは散っていない。

「……え？」

「……が、……した……」

炎の音が大きくて聞き取りづらかったが、集まった女たちがなにか言っている。

「陛下が……」

「……おいでに」

「さっき……の、館へ」

今度は聞こえた。陛下のお出ましについて話しているのだ。

「あ、あの！」

甜花は話をしていた召使の女性のそばに駆け寄った。

「陛下が今どちらの館にいらっしゃると？」

「第六座の月耀さまの館に向かわれるのを見たわ。陛下がおいでになったときはこんなに蜂がいなかったんですもの、お止めすることもできなくて」

「月耀さまの館」

それを聞いて甜花はすっかり暗くなった庭に駆け出した。

館の中にいらっしゃるなら安全だけど、もし移動の途中だったら……。

「誰かっ！　誰か助けて！」

走っている途中で悲鳴が聞こえた。立ち止まって声のほうを見ると、三人ほどの女たちが走ってくる。その向こうに夜より黒い雲が見えた。

「……来た！」

烏蜂だ。

ついに来たのだ。真っ黒な胴体と真っ赤な頭部、そして巨大な顎を持つ凶悪な肉食の蜂。

「池に飛び込んで！」

甜花は口に両手を当てて叫んだ。

「蜂は濡れることを嫌う！　池に！　池に！」

それが聞こえたのか女たちは途中にあった池の中に次々と飛び込んだ。甜花はそれを見ると再び第六座へ向かった。

（もう烏蜂が来ている。このぶんじゃ牙蜂もすぐだわ）

月耀妃の館の近くまで行くと、再び悲鳴が聞こえた。さっきより多い。

茂みを抜けると十数人の人間が黒い蜂の群れに取り囲まれていた。警吏の何人か、そして璃英自身が自分の長衣を脱いで蜂をはたき落としている。

(間に合わなかった!)

地面にすでに何人か、召使たちと月耀妃が倒れ伏している。顔や腕が真っ赤に腫れていた。

甜花はすぐそばにあるゴエの木の枝に飛びついた。枝に身を乗せて勢いよく揺するとめきめきと音がして縦に裂ける。この木は上からの力に弱くすぐに折れることを甜花は知っていた。

甜花は枝を肩にかつぐと璃英たちのいるほうに走った。

「陛下!」

そばまで来ると蜂が新たな獲物を見つけたと方向を転換する。赤い頭部の大きな顎がカチカチと威嚇音を出す。

「あっちへいけ!」

甜花はゴエの枝を両手で抱えて振り回した。茂った大きな葉が蜂を打ち落とす。

「ばか! 無茶をするな!」

璃英が叫びながら、こちらに駆けてきた。甜花から枝を奪うと素早く強く振り回す。

蜂の群れはその勢いにかき乱され、上空へ逃げた。

「ここから陽湖さまのお館が近いです！　避難してください！」

そう叫ぶと璃英はうなずき、警吏たちに向かって言った。

「刺されたものをおぶって第九座へ急げ！」

烏蜂は璃英や警吏たちが払っていたため、だいぶ打ち落とされていた。警吏たちは倒れている女たちを背負い、茂みの向こうへ走り出した。

「甜々、無茶をする」

璃英はぐいっと甜花の腕を引いて自分の胸に抱き寄せた。「ひゃあっ」と甜花はおかしな声をあげた。

「刺されていたらどうするんだ」

「へ、陛下をお守りできれば……」

上質な絹の布越しに璃英の胸の逞しさを感じる。華奢に見えたのにからだは鍛えられているようだ。甜花は恥ずかしさにいたたまれなくなり身をよじった。

「おまえのそのまん丸な顔がもっと膨れるぞ」

「ま、まん丸じゃありません！」

「ああ、もう刺されていたのか」

「違います！」

冗談だと思うがいちいち返してしまう。璃英はニヤリと笑うと、「走るぞ」と声をかけた。

「はい！」

ゴエの木の枝を大きく振って遠くに放る。鳥蜂たちは自分たちを襲っていた枝を追い、その場を離れた。そのすきに二人は走った。

「おまえになにかあったら皇が陽湖どのに叱られてしまう」

璃英は走りながら言った。

「第九座まで行けば陽湖さまがお守りくださいます」

「あのものがこの群れをどうにかできるのか？」

「きっとできます！」

璃英と甜花は第九座を目指して走り続けた。

五

「いや、私にもなにもできんぞ」

第九座へ駆け込み一息ついていた璃英と甜花に、陽湖はあっさりと言ってのけた。

「そ、そんな陽湖さま。なにかお知恵があるんじゃないんですか!?」

第九座の中では陽湖の召使たちが鳥蜂に刺された月耀妃や侍女たちに塗り薬、飲み薬を施し手当てをしていた。他にも近くにいた下働きたちを避難させているので、さながら合戦場の天幕のようだった。

「蜂とは相性が悪いのだ。やつらはこちらの話を聞かないからな」

「そりゃあ虫は人とは会話してくれませんけど」

カンカン！　と硬い音がする。鳥蜂がその身を窓にはまった硝子にぶつけている音だ。獲物がいるのに透明な壁に阻まれ苛立っているのか、やたらと突進してくる。

「天人掌の処分を進めていたのですが、花蜂を飛散させるまでにはならなかったようです。花蜂がいる限り、鳥蜂も牙蜂も後宮に留まると思います」

甜花は窓から庭を見て言った。夕闇に美しくけぶる庭を埋め尽くす不気味な蜂の群れ。いつまで彼らがここにいるのか見当もつかない。

「知恵というならおまえのほうがあるだろう、甜々」

そんな甜花に陽湖が声をかける。

「士暮に聞いていないのか。こんな状況の資料は？　蜂を追い払うすべはないのか？」

「森で鳥蜂に会ったときは身を低くしてじっとしているという教えくらいしか……」

「役に立ちませんわね、それでも知の巨人と言われた博物官の孫ですの」

バカにした調子の声が聞こえた。この声は……。

「白糸さん」

白糸が你亜に支えられるようにして立っていた。衣も髪もきちんと直している。

「白糸さん、大丈夫なんですか？」

「もうだいぶ平気ですわ。花の匂いが少なくなったから」

そう言いながらも白糸の顔はまだ上気し、目も赤かった。

「虫は匂いや振動などに影響を受けるものですわ。あたくしは蜂とは縁がないのでよくわからないけど、あいつらの苦手なものとかありませんの？」

「苦手なもの……」

はっと甜花は頭を押さえた。今なにか思い出しかけたのだ。

甜花は頭を抱えたまま窓の下にしゃがみこんだ。

「どうした、甜々」

駆け寄ろうとした璃英の腕を陽湖が摑む。

「失礼、陛下。だがしばらく甜々を放っておいてくれ。あの子は今、頭の中の書庫を巡っているのだ」

その通り、甜花は頭の中で書物をめくっていた。虫に関する博物誌『蟲大図』。祖父が記した本だ。確か蜂の項目もあった。

すべての蜂に共通する弱点――なんだっけなんだっけなんだっけ……！

『蟲大図』は大きな本だった。極彩色で描かれている。祖父の士暮が細密画を専門とする絵師に依頼して作ったのだ。子供の頃床に座り込んでよく見ていたじゃないか。巨大な蜂の正面の顔の絵、書き込まれた生態の記録――そうだ！

「思い出しました！　蜂は酢や焦げた臭いが嫌いなんです！」

「酢!?」

意外なものの名に璃英が目をぱちくりさせる。

「お酢なら少しありますよ！」

紅天が戸棚から酢の瓶を取り出し叫んだ。

「この群れの量には少なすぎるな」

陽湖は指で細い顎をつまんだ。

「焦げた臭い……館周辺の木々に火をつけるにしても、館のそばには姫楓の細いのくらいしかない。どうするか」

「庭に火を放てば大炎上の可能性もある。火は論外だ」

璃英が窓の外を見て言った。館の外には庭が広がってる。確かにそこに火をつければ延焼するだろう。

「――いや、陛下。火は有効だ」

陽湖は璃英の顔を見て言った。

「陛下、御身の持ち物をほんのわずか燃やしてよいか？」

「皇の持ち物？」

「そうだ、許可いただけるか？」

陽湖はいたずらを企むような顔で璃英を見つめた。

「それは……取り返しがつくものならば」

「もちろんだ。陛下ならいくつでも復元できる」

「それならば許可しよう。なにを燃やすのだ？」

陽湖はニヤリと赤い唇をつり上げた。

「ここだ」


館吏官房の二階に避難していた鷺映は窓の外を見て顔色を変えた。

広い庭の向こう、館吏官房から一番離れた第九座のほうが明るいのだ。館の灯りなどではない、赤くゆらゆらとした輝き。

「あれは——火事!?　館が燃えているのか？」

その炎は他の后や妃の館からも、各房からもよく見えた。消火しに向かいたくても蜂の群れが席巻している庭に飛び出すことはできない。

後宮では建設以来何度か火事に見舞われた。その後、類焼を避けるために各館は距離をとって建てられ、かつ、館の敷地内には小川や池が作られていた。

火の手があがれば燃え落ちるまで放っておいても広がることはないだろう。

「そんなわけでここを燃やすのが最適だ」

陽湖は松明《たいまつ》をかかげ、轟々と燃える自分の館を見上げていた。炎が陽湖の白い顔や白銀の髪を赤く染めている。

他の女たちは念のため館のそばの池や川に飛び込ませている。その水面に金色の火の粉が飛び込んではチリリと音をたてた。

壁や天井は燃えにくい素材のため黒々とした煙を大量に噴き上げている。その煙は風に乗り、庭を旋回している蜂たちに襲いかかった。

黒雲のようだった蜂たちはその臭いに混乱し、忌避し、今やばらばらに逃げ出していた。

「確かに持ち物を燃やしてよいとは言ったが……」

璃英は苦い顔をした。なめらかなその頬も炎に照り映えている。

「館を丸々燃やすとは」

「庭だとどこまで炎が広がるかわからん。だが館ならここだけで済む」

陽湖は手にしていた松明をおしまいとばかりに燃え上がる館の中へ投げ込んだ。

「確かにそうだが……陽湖どのは思い切りがよすぎる」

「新しい館を期待しているよ、陛下」

陽湖はカラカラと笑った。璃英も苦笑する。その二人を甜花は川の中から見上げていた。

スラリとした姿の二人は長年の友人同士のようにも、心を通い合わせた恋人同士のようにも見える。

「……」

不意に胸の奥がチクリと痛んだ。だが、どちらに対しての気持ちか甜花にはわからなかった。

「まさか館を燃やしてしまうとはねえ」

一緒に水の中にいた紅天が、冷たさにガタガタ震えながら笑う。

「陽湖さまは思いもつかないことをお考えになるにゃあ」

你亜も腕を抱えて寒さに身を縮めている。

「それにしてもこれから冬になるのに、わたくしたちはどこに住まえばよいのでしょう」

銀流は冷静な表情でぼやいた。

「確かに蜂の群れは少なくなりましたけど……」

白糸が夜空を見上げて言う。

「大気の振動は残ってますわ。いえ、ますます強くなってくる」

「どういうことですか」

「アレが来ますわ。とてつもなく恐ろしいものが……」

「蜂の群れより怖いものですか!?」

ガチン！　と金属的な音が響いた。炎が燃え上がる音を打ち消す不気味な音だ。

白糸が緊張した顔を夜空に向けた。

「来るわ、来る、来る……すぐそこに……！」


突然、燃え上がる館の炎の中から巨大な顔が現れた。

それは信じられないほど大きな――恐ろしい、蜂の頭部だった。

大腮《たいさい》と呼ばれるハサミのような顎が開き、それが閉じるとガチン！　と大きな音がした。

ガチン、ガチン、ガチン、ガチ、ガチ、ガチガチガチガチガチ……。

巨大な蜂が威嚇している。

「蜂の王にゃ！」

伱亜が悲鳴をあげた。水の中のものたちも悲鳴をあげ、川や池から逃げ出した。

炎を反射する巨大な複眼がその場にいる人間たちを捉える。

蜂の頭は小さな小屋くらいはあり、その胴体は八人乗りの馬車二台をつなげても乗せきれないぐらいだった。翅の大きさときたら、その羽ばたきで岸にあがった女たちがあおられて倒れるほどだった。

蜂の王は炎を羽ばたきで消し去り、璃英めがけて突進してきた。

「陛下！」

陽湖が璃英を突き飛ばす。蜂は璃英のいた場所をまっすぐ通り過ぎ、一度上空に上がってゆっくりと方向転換した。

四枚の翅を広げ、再び降下してくる。今度も狙いは璃英だった。

「伏せろ！」

陽湖が叫び、璃英は地面に倒れた。六本の足が璃英の衣を切り裂く。

「あいつ、知恵がある。御身を狙っている！」

「皇を!?」

「だがなぜこの闇の中で正確に狙えるんだ……」

甜花は川の中で陽湖と璃英、そして蜂の王を見ていた。蜂は羽ばたきながら体勢を整え、地面に立っている二人を見ているように思える。

陽湖が右にそっと動いた。蜂は動かない。

璃英が左にそっと動いた。そのとき蜂はかすかに顔を動かした。

（今……）

蜂は確かに陽湖と璃英を区別している。なにで？　この二人の違いはなに？　身長？　性別？　匂い？

チリリ……。

かすかに金属のこすれる音。そのとたん蜂が頭部を動かした。

（そうか！）

甜花は川から上半身を地面に乗り上げ叫んだ。

「璃英さま！　冕冠《べんかん》をお捨てください！　蜂はその音を聞いています！」

はっと璃英は自分の頭の上の冠に触れた。チリリと再び下がった宝珠が鳴る。

蜂が突進してきた。璃英は冕冠をはずす間もなく地面に伏せた。

「陛下！」

陽湖が駆けつけ璃英の頭から冕冠をもぎとる。

「御身は川へ！　私がこれを遠くへ捨てる！」

そう叫ぶと冕冠を持って走り出した。

「陽湖どの！」

陽湖の白銀の髪が闇の中に翻る。蜂の王がそのあとを羽音を立てて追った。

続けて你亜が、銀流が、紅天が、白糸が水の中から飛び出し、陽湖と蜂を追った。

「待って！　わたしも！」

後に続こうとした甜花を白糸が振り返った。

「あんたはそこにいなさい！」

「でも！」

「陛下を守るんでしょ！」

「いやっ！　わたしも陽湖さまのお供を……」

岸にあがった甜花めがけて白糸が細い糸を放った。それはたちまち甜花の足に絡み、地面に倒してしまう。

「待っているのも務めですわ」

白糸が静かに言った。

「白糸さん！」

追いすがろうとする甜花を璃英が抱いて押しとどめる。第九座の住人は闇の中に姿を消した。

しゃららら……闇の中に細かく宝珠の音が響く。陽湖が冕冠を持ち、宝珠を震わせているのだ。

蜂の王もまた翅を震わせ陽湖に対峙していた。その距離はほんのわずかだ。蜂が翅を一振りすれば届きそうなほど。

銀流、伱亜、紅天、白糸は蜂を取り囲んだ。

「白糸！」

陽湖の声に白糸は両手から銀色の糸を放出した。蜂はすばやく察知し飛び上がったが、糸は足先に絡みついた。

「引け！」

銀流と紅天、伱亜がそれを引く。後ろに引かれ、蜂はいやがって頭を振り、前に進もうとした。

「ただの蜂の群れのほうが手強かったね」

陽湖の右腕がむくむくと大きく膨れ上がる。

「妖怪同士なら格の違いを見せてあげよう」

バサリ、と陽湖の背後に三本の尾が広がった。

「なんのためにこの国の王を害そうとするのかは知らんが、アレが死ねば私の大事な甜々《むすめ》が悲しむのだよ。運がなかったと――あきらめるんだな！」

陽湖が背後の杉の木よりも高く跳躍する。振り上げられた巨大な爪が蜂の大きな頭部に叩き込まれた。

「――――ッ！！！」

蜂は悲鳴をあげない。だが、その開いた大腮からは、確かに命の消える音が発せられた。

終

「これはまた、いさぎよく燃やしたものだ」

翌朝、焼け焦げた第九座の前に立ち、館吏官長の鷺映は呆れた声をあげた。しかし顔には苦笑が浮かんでいる。

「申し訳ありません。蜂を蹴散らすためでございます」

銀流が頭を下げる。

「ああ、それは陛下から承っている。しかし新しい館を建てるまでしばらく第九座の方々にはご不便をかけることになるだろう」

「雨風がしのげればわたくしたちはどちらでも」

銀流は焼け跡を掘り返している第九座の仲間たちを見やった。

「仮舎を建てるにも時間がかかる。そこで陛下からご提案があったのだが、伊南《イナン》という地に皇宮の別邸がある。しばらくそこに滞在してはいかがかと」

鷺映は銀流に丸めた紙を渡した。

「それは後宮を出るということですか？」

銀流が少しだけ大きく目を開く。

「そういうことになる。だが、さほど時間はかからないと思う。一〇日か一五日ほどだ。陽湖妃に申し伝えてもらえないか」

「かしこまりました」

銀流は鷺映に向かってするりと直角に腰を折った。

「別に私はどこでもよいぞ」

銀流から話を聞いた陽湖があっさり承諾する。焼け跡から茶器をひとつ取り出し、それの汚れを丁寧に擦り落とした。

「そもそも火を放ったのは私だからな。地面に穴を掘ってそこで寝てもよかったのだ」

「そんな後宮妃聞いたこともありません」

「それで伊南とはどこだ？」

「どうも海のそばの村らしいですね」

銀流が鷺映からもらった地図を広げて言った。

「海の近くはいやにゃあ。からだが湿っぽくなるぅ」

話を聞いていた你亜が陽湖にすり寄って不満の声をあげた。

「でも海のそばなら你亜さんのお好きなおさかなが新鮮な状態で食べられますよ」

一緒に消し炭を掘っていた甜花が言うと、你亜は目を輝かせた。

「それはいいにゃ！」

白糸は寒そうに身を縮めて焼け跡の上にしゃがみこんでいた。

「白糸さん……」

甜花は白糸のそばに寄って声をかけた。

「どうされたんですか？」

「……置いてきちゃったんですわ」

「え？」

「あ、あったあった！」

陽湖のそばで焼け跡を掘っていた紅天が声をあげた。

「ほら！　甜々にもらった山鳥笛！　無事だったよ」

紅天は手にした陶器の笛を擦って煤を落とした。口に当てて息を吹き込むと、ややくすんだ音が響く。

「中をきれいに洗えばまた使えるよ」

それをうらやましげに見ていた白糸は、指先で焦げた木をつつく。

「白糸さんが探しているのはなんですか？　わたしも手伝いますよ」

甜花はそう言ってしゃがみこんだ。白糸は答えず甜花に背を向ける。

「結構ですわ、あっちに行ってしまってください」

「一緒に探せば早いですよ？」

「いいってば！」

白糸は嚙みつきそうな顔で言った。甜花は泣きたい気持ちになった。

やはり昨日聞いたと思った言葉は幻聴だったのだ。ゆうべはみんなに置いていかれたし、結局自分はいつまでも第九座の人たちには受け入れてもらえないのだろうか。

白糸に背を向けて燃えかすを足先でつついているとき、カチンと金属的な音がした。背を屈め拾い上げてみると、それは甜花が白糸に買ってきた編み棒だった。真っ黒だったが指先で擦ってみると、銀色の光が戻った。

「あっ！　それ！」

背後で声がした。白糸が立ち上がっている。

「え、……？」

灰を蹴散らして白糸が走ってきた。さっと甜花の手から編み棒を奪う。

「よかった！　見つかった！」

「白糸さん……」

白糸が探していたのは自分が贈った編み棒だったのか。

甜花の視線に白糸ははっとした顔をして、あわてて編み棒を後ろ手に隠した。

「な、なによ！　別にあんたからもらったからって探してたわけじゃないんですわ！」

「あ、はい……」

白糸は甜花から目を逸らし、地面を睨みつける。

「編み棒が一本もないと困るでしょう！」

「はい、そうですね……」

思わず笑みが零れてしまう。それを見て白糸はますます怒った顔をした。

「なによ！　なにがおかしいのよ！」

「はい、はい……」

隠しきれず声をあげて笑ってしまった。

「白糸は素直じゃないにゃあ」

見ていた你亜も笑っている。

「面倒くさい性格だよねえ」

紅天も笑って山鳥笛をひとつ吹いた。

「なによ、あんたたち！」

白糸が紅天に殴りかかろうとすると、紅天はひょいと飛び跳ねて避けた。

「なぜ避けるんですの！」

「避けないと痛いじゃないか」

「痛い目に遭わせたいから避けちゃだめですの！」

白糸と紅天が追いかけっこを始める。你亜と甜花は笑ってそれを見ていた。

「火が燃えて地固まる、という人の言葉がなかったか？」

陽湖がニヤニヤして銀流に囁く。銀流はうなずいたが、「雨降って、ですね」と訂正することを忘れない。

こうして後宮を騒がせた事件は終わった。

燃え尽きた館を取り囲む庭には、再び優しい風情の蝶や、明るい羽音の蜂が戻ってきた……。

「やはり、璃英には護り手がいるようです」

夜半、密談の場が再び設けられた。小さな灯りの下で低い声がそう報告する。

「しかし夜だったことと、蜂が思ったより猛威を振るったためにそばに行くことができず、護り手が誰かを確かめることはできませんでした」

「やっかいだな」

若い声が苛立った様子で言い、トントンと指で卓を叩いた。

「問題は誰がその護り手を送り込んだかということだ。璃英に強力な味方がいるということになる」

年を経た声もまた怒りをにじませて呟いた。

「今回の事件で皇帝はしばらく後宮へ寄りつかないでしょう」

冷静な声に相手は深いため息を返す。

「仕方がない、次の機会を待とう」

「なにも後宮の中にこだわることはないのでは？　皇宮《しろ》の中で璃英を襲うことだってできるでしょう」

若い声が焦りをにじませる。

「皇宮の中では足がつきやすい。それに璃英の護衛も多い」

なだめる言葉に若い声は舌打ちで応えた。

「じゃあ次、とはなんです」

「――年の終わりに後宮で催される技芸大会がある。そのときに、だ」

「なにか策が？」

若い声が勢い込む。

「技芸大会では最後に皇帝が優秀者に褒美を渡すことになっている。そのときは警護もつけず、一人で壇上に立つ」

「ああ、そうでしたね」

「そこを狙う……手はずはついているな？」

年配の声が聞くと、下の身分らしきものが「はい」と答えた。

「手練れを用意しております」

「今度はしくじるなよ」

「は、」

ふっと夜風が灯りを揺らし、密談するものたちの顔を歪ませる。

「華やかな技芸大会……美しい皇帝が散るにはふさわしいだろう」

笑い声が密やかに夜風に乗って消えてゆく。

那ノ国の皇帝を脅かす罠の口が、ゆっくりと確実に閉じられようとしていた。

第二話　甜花、海辺の村へ行く

序

「寒いにゃー！　湿気ぽいにゃー！　磯くさいにゃーっ！」

部屋の中で你亜がわめいている。

「いい加減にしなさい。いくらわめいても海はなくなりません」

そんな彼女に銀流が何度目かの叱責をする。

第九座の住人たちは焼け落ちた館が再建されるまでの間、伊南という地にある別邸を貸し与えられた。

「今日は曇っていて寒いかもしれませんが、もともと伊南は首都の斉安《サイアン》よりは暖かい地なんですよ」

甜花は窓を閉めた。別邸の窓は第九座のように硝子がはまっていない。綺窓《ジー》といって何段にも渡した薄い木の板が上下に開閉するしくみだ。

「普段暖かくたって、今日が寒ければ仕方ありませんわ」

白糸は暖炉の前に座って火をおこしている。

「館吏官さんが暖かい服をたくさんくれたからそれを着てなよ」

紅天は後宮から運んできた木箱からごっそりと服を取り出した。白羊《びゃくよう》の毛で編まれた温かそうな衣類を手に取る。

「陽湖さま、羽織ものはいりませんか？」

「ん、もらおうか」

別邸には長椅子はないが、大きな座布《ざぶ》がいくつも置かれている。それに寝そべっていた陽湖が手を伸ばした。

伊南は那ノ国の首都・斉安から南へ一五丁《ちょう》（一丁は一〇キロ）の距離にあり、馬車で一日半かかった。

砂浜からすぐに深い海になっており、冷たい潮と温かな潮がぶつかる関係で、海産物が豊富にとれる。

伊南自体はにぎやかな港町だが、別邸が立つ朱浜《シュヒン》は静かな田舎の村だった。

住民の男たちはほとんどが漁師で、女たちは家を守り畑で穀類や野菜を作っている。

別邸の管理も朱浜の女たちが行っていた。

陽湖たちが別邸に着いたとき、朱浜の村守《そんしゅ》と伊南領の領守《りょうしゅ》が挨拶にやってきた。

「ようこそ、おいでくださいました」

二人とも年輩の男性だったが、陽湖の前に恭しく膝をつくと両手を組んで頭の上にあげた。でっぷり太った領守と、痩せ細った村守。絵に描いたような組み合わせに甜花は笑いを堪えるのが大変だった。

「なにもない在郷の地ではありますが、せいいっぱいおもてなしをさせていただきます」

伊南の領守は螺鈿《らでん》で飾った化粧箱を、朱浜の村守は色鮮やかな珊瑚の置物を献上した。

「我らはこちらに身を置かせてもらっている立場だ。あまり気を遣わないでいただきたい」

寝そべったままの陽湖がそう言うと領守と村守は顔を見合わせ、

「いえ、其《それがし》どもはこちらの館においでになる方のお世話が役目にございます」と焦った様子を見せた。

双方で世話はいい、いやする、と問答があったすえに、食材を運び料理するのは朱浜のもの、部屋の掃除などは第九座のものがして、警備なども必要最低限で、と決まった。着いた時には館の周りをずらりと漁師たちが取り囲んでいて閉口したのだ。

陽湖は領守、村守それぞれに用意していた宝玉のたぐいを渡し、他に村守に「村民のために使ってほしい」と十分な金子を渡した。

領守、村守は感激した。今まで何度か貴人がこの別邸を使ったが、ここまでの気遣いを見せたものはいなかったからだ。

「お館さまはいい時期にこちらにいらっしゃいました」

痩せた村守は満面に笑みを浮かべて言った。

「もうじき朱浜の祭りがございます。田舎ではありますが、その日は他の浜からも人が集まり、たいそうにぎやかで楽しい祭りとなります。ぜひ、おいでください」

「ああ、楽しみにしている」

陽湖は手の下で小さなあくびを隠した。

「それから浜へお出になるかとも存じますが、ひとつだけお気をつけていただきたいことがございます」

村守は笑みを少しだけ落として言った。

「浜にはヘビカブトという花が生えております。夏には白く小さな鈴のようなかわいらしい花を咲かせますが、今は真っ赤な葉ばかりです。この植物は全体が毒でございまして、葉に触れればかぶれ、根を口にすると死に至ることもございます。お近づきにならないようにご注意なさってください」

陽湖は興味を持ったようで、座布の上に身を起こした。

「そんなやっかいな植物なら抜いてしまえばどうだ？」

「それがこの花が生えていないと、海からマムシガニという蟹のような虫のようなものがやってきて畑の作物を荒らすのでございます」

「ほう。抜くに抜けぬというわけか」

ヘビカブトと朱浜のものは共生しているらしい。

「はい。けれど触れねば大事ないものでございます。決してお近づきになりませんように」

領守と村守が帰っていった。入れ替わりに多くの食材が届き、館の厨房で村の女たちが大騒ぎで食事の用意を始める。

陽湖は甜花を呼んだ。

「食事ができるまでまだ時間がある。この辺りを歩いてみよう」

「はい」

一

陽湖と一緒に外へ出たのは、甜花と紅天だけだった。你亜と白糸は寒いからいやだと言い、銀流も砂浜は歩きにくいからという理由で断った。

朱浜の砂はその名の通り赤みがかった色で、海の色は不思議な紫色に見えた。

陽湖も紅天も寒がりなのか、白羊の毛の羽織ものをもこもこと着込んでいる。甜花は普段着の上に、綿花の糸を使って分厚く織った袖無しの胴衣を着ていた。

「海は広いねえ」

紅天が沖を見つめて言った。

「あの海の向こうはどうなってんの？」

甜花も一緒に水平線を見つめ、潮の音を聞いた。

「海の向こうにはまた別の国がありますよ」

「へえ。それはどんな国？」

「そうですね、羽《ウ》ノ国、印《イン》ノ国、藍《ラン》ノ国……」

思い出せる国の名をざっとあげる。

「国交を結んでいない国ならもっとあります」

「ふうん、紅天は知らないことばかりだなあ」

陽湖は渚をぶらぶら歩き、とげのついた巻き貝を拾ったり、小さな蟹を指に這わせたりしていた。

「甜々、あれがヘビカブトではないか？」

陽湖が気づいて言った。砂浜から少し上がると集落が見えるが、生け垣のように真っ赤な葉の植物がその周辺に茂っている。

「そのようですね。わたしも本では読んだことがありますが実物は初めて見ました」

甜花はヘビカブトの花に近づいた。葉の形はヨモギに似ている。高さはだいたい甜花の膝くらいまでで、葉だけでなく茎まで真っ赤だった。

「気をつけろよ。かぶれると言っていたからな」

「はい、触りません」

そういえば後宮に咲く曼珠沙華《まんじゆしやげ》の花も、地下茎に毒があり、モグラ除けのために墓の周辺に植えられるものだ。ヘビカブトは天然の柵なのだろう。

砂浜から上がり、村の中央へ歩いていくと、途中で葬列の一団に行き合った。白と黒の三角の布を垂らした竿を先頭に立て、白い服を着た人々がゆく。

道の両脇に葬列を見送る村の人々がいた。

甜花たちは彼ら村人のそばに立ち、同じように小さく頭を下げた。

村人たちは、突然現れた見知らぬ美女に驚いた顔をしたが、葬儀の最中に大声をあげるのも憚《はばか》られたか、黙って礼を返しただけだった。

歩いてくる列の人々も物珍しげな目を向けたが、中央にいる喪主らしき若い男女は目を真っ赤にはらして空を見つめているだけだ。

そのあとに小さな棺が続く。あの小ささは子供の棺だろうと甜花は思った。だとしたら泣いている男女は父母なのだ。

うつろな目を空に向けていた若い母親は、ふと視線を路傍に向けた。そこに立っている陽湖を見てとる。

「あ、ああ……！」

急に母親は列から離れ、陽湖の前にまろび出た。

「あの、あの、よその土地の方ですね？　うちの息子を、亮《リヨウ》を見ませんでしたか？　年は五歳で頬にほくろがあって……」

「やめなさい、清栄《シンエイ》」

その夫らしき人が妻のからだをはがいじめにした。

「身分の高い方に失礼だよ。もう亮のことはあきらめなさい」

「そんな、そんなのいやよ。ねえ、見ませんでしたか？　わたしの亮、わたしの子供を――」

清栄という女は夫に引きずられ、列に戻った。親族たちも慰めている。すぐに列は動き、清栄の泣き声だけが長くその場に残った。

（かわいそうに）

甜花はもらい泣きしてしまった。死んだ子供も遺された親もかわいそうだ。

葬儀の列が目の前を過ぎると、ようやく村人は好奇心を満たそうと陽湖のそばに集まってきた。

「お館にいらっしゃった夫人《おくさま》でいらっしゃいますか？」

「このたびは村のものにもたいそうなお心遣いをいただいたそうで」

「まあなんてお美しいんでしょう！」

「いつまでご滞在で」

「ぜひ村に遊びにいらしてくださいましよ」

陽湖は愛想良くにこにこしていたが、返事は甜花に任せることにしたらしい。ぐいっと甜花の肩を押して村人の前に立たせた。

村人たちも直接陽湖に口をきくより、甜花のような小娘に話すほうが気やすいらしく、矢継ぎ早に質問や陽湖への賞賛を繰り出した。

その村人たちがこぞって口にするのは近々行われる祭りのことだった。ぜひ陽湖に来てほしいと熱望された。

「ところで」

村人の熱狂が少し落ち着いたところで陽湖が質問を投げた。

「さきほどの葬儀の列だが、亡くなったのは子供か？」

そのとたん、村人たちはしん、と静まった。

「本礼《ホンレイ》も気の毒に」

一人が声を潜めて言った。

「一人息子がいなくなったんですよ」

別なものも言った。

「神隠しに遭ったんです」

「神隠し？」

陽湖が大きく目を開けた。

「神隠しとしか言えないんですよ。あるとき急にいなくなっちゃうんです。ずっとみんなで捜していたんですけど見つからなくて。一年経ってしまったんでしぶしぶ葬式を出したんです」

「この浜は子供の行方不明や事故や病気が多くてねえ」

「子供が死んだりいなくなったりしたのは今年でもう五件目じゃなかったかい？」

「ここ一〇年で……ええっと去年は七件だったから……六〇人以上の子供が亡くなっているんです」

「正確には六二人だよお、本礼の子を加えて」

「六〇人！　それは……」

多すぎる、と甜花は思った。首都・斉安でならともかく、こんな田舎の浜で六〇人は異常だ。

「不吉な浜だと思わないでくださいよ」

村人は言い訳するように言った。

「他はいい土地なんです。魚は豊富だし畑で野菜もよく採れる。米はまあそれなりですけど。気候は穏やかで税もそんなに高くない。住みやすい場所なんですよ」

そうだそうだと村人たちは同意する。みんな自分の村を愛しているようだ。

村人たちに見送られ、甜花たちは帰宅の途についた。思いがけず時間をとられた。

「神隠しだと。甜々はどう思う？」

「神隠しというのは聞いたことありますが、そんなにたびたび起こるのは不思議ですね、しかも同じ地域で」

「そうだな。山で獣の子が死ぬなら一年で数十匹もいくだろうが、人の子が死ぬには多すぎる数だ」

「そうですよね」

「なにか理由があるのかな」

紅天がひょいと赤い髪の頭を突き出した。

「理由、ですか？」

「ふむ。よほど呪われた土地であるとか、あるいは」

「あるいは？」

陽湖はちらと甜花を見て、ニヤリと笑った。

「いや、甜々が怖がるから言わないでおこう」

「なんですか、それ」

すねた顔をしながら、しかし甜花は陽湖が言わなかった言葉を知っている気がした。

おそらく、多分、もしかしたら。

人為的なもの。

誰かが子供を殺したりさらったりしているのかもしれない……。


翌日はよく晴れた。

初日は寒い寒いと文句を言っていた你亜と白糸も、天気のよい浜辺を散策する気分になったらしい。

日の光が水面にキラキラと跳ね返り、波が穏やかに足下をくすぐる。

「おさかないっぱいにゃあ！」

透明な水際で泳ぐ小魚に你亜は大喜びだ。手にすくって泳ぎ回るのを見ている。

「見てみて、蟹がつれましたわ」

蟹の巣穴に糸を垂らしていた白糸が、小さな紅蟹をつり上げて歓声をあげた。

紅天は湿った砂で山を作り、銀流も砂浜に座って日光浴を楽しんでいた。

「晴れていると海の様相はまったく違うな」

陽湖は額に手をかざして青い沖を見つめる。紫色の岸辺からじょじょに青が濃くなって水平線は空と交わっていた。

昨日は寒かったので浜で過ごす時間は短かったが、今日はもう少し歩いてみようと陽湖は甜花を誘ってくれた。

浜は緩やかな曲線を描いている。左手のほうで砂浜は途切れ、岩の崖が切り立っていた。そこまで行ってみようと言うのだ。

さくさくと砂浜を二人で歩く。振り返ると白糸たちの姿が小さく見えた。

「甜々、悪かったな」

「え？」

「館を燃やしてしまったから、おまえまでこんな田舎に連れてきてしまって」

波が寄せてきて、陽湖は「おっと」と言いながらひょいと飛びのいた。

「そんな。陽湖さまのいらっしゃるところがわたしのいる場所です」

「嬉しいことを言ってくれるが……本当にそうか？」

「え……」

「おまえは……本当は別にしたいことがあるのだろう」

ドキリとした。図書宮に勤めたいということをご存じなのだろうか。陽湖さまのお館を出たいという不遜な望みを。

「陽湖さま、わたしは」

「遠慮するな、知っているぞ」

陽湖は青い瞳を向けた。甜花は申し訳なさでいっぱいになり、目をそらす。

「おまえは――」

「わたしは……」

「璃英の嫁になりたいのだろう」

甜花は頭から盛大に砂浜につっこんだ。

「お、おい！　大丈夫か、甜々」

「な、なにをおっしゃっているんですか！」

砂まみれになって甜花は叫んだ。

「わたしが陛下の、よ、よ、嫁って……！」

「違うのか？」

「違いますよ！　だいたいわたしが好きだったのは陛下のお兄さまで……！」

言いかけて甜花は口を閉じた。これは秘密。墓まで持っていく秘密だ。そっと袖の下の腕輪に触れる。

「そうなのか？　私は甜々が陛下を好きなんだとばかり。陛下もおまえのことを憎からず思っているようだし」

「そんなわけありません！　陛下はわたしが鬼霊を視ることをご存じで、興味を持たれているだけです！」

同じこの世のものならぬものを視る力。陛下はわたしに同志的な親しみを持っているにすぎない。

「なんだ、そうか」

陽湖はどこかほっとした表情になった。

「では、まだずっと私と一緒にいてくれるのだな?」

うっと甜花は言葉に詰まった。もちろん陽湖と一緒にいるのは嬉しくありがたい。だが後宮勤めの本来の目的はあくまで書仕で……。

しかし目の前でにこにこしている陽湖にそれは言えない。

「は、はい。まだ……しばらくは」

話しながら歩いているといつの間にか岩場に到着していた。ここから先はもう砂浜はなく、波は岩にぶつかり砕けているだけだ。

岩場には奇妙なことに小さな家を模したものがいくつも置いてあった。

石や木でできており、大きさは鳥の巣箱ほどだ。四角い箱に三角の屋根を簡単に取り付けた素人仕事のようなものから、本当に人が住むような精緻な細工のものまでさまざまだ。文字も書かれているが、波に洗われほとんどが消えている。

「なんなんだろうな、これは」

近づこうとした陽湖の腕を、甜花は思わず引いていた。

「どうした？　甜々」

こわばった顔をしていたのだろう、陽湖は甜花を見て眉をひそめた。

「それ、中になにかいます」

「なにか？」

「なにか雑多な……いろいろ交じった……元は人だったのかもしれませんが」

陽湖はもう一度小さな家を見て、それから甜花を見た。

「鬼霊か」

「はい」

「おまえには視えるのだな？」

「はい」

小さな家の中は空洞なのだろう。中身のないものはなにかが入り込む。いいものも悪いものも。そして圧倒的に悪いもののほうが多い。

甜花は祖父とともに旅をした土地で、そういうものを時折視た。

長い間、誰も住んでいない家に感じる不穏な気配、放置された人形が這い回ったあと、木のうろの中から見つめる目……。

それらはいつも機会を狙っている。中に入り込むことを、実体《からだ》を持つことを。

「あの……」

細い女性の声が聞こえた。うつろに潜む雑霊が言葉を発したのかと甜花は驚いたが、それは生きた人間だった。

「突然申し訳ございません。もしかしてお館の夫人《おくさま》でいらっしゃいますか？」

背後に立っていたのはなよやかな風情の女性だった。着ているものはこの辺りの女たちとは違う高級な仕立てで、その美貌も田舎には似つかわしくないものだった。

「そうだが、そなたは」

陽湖にもそれはわかったらしく、丁寧に対応した。

「失礼致しました。わたくしはここの村守、黄呂《オウロ》の妻で令麗《リヨウレイ》と申します」

令麗は結い上げた髪をゆらして頭を下げた。

「ほう、村守どのの」

ええーっと甜花は胸の内で叫んだ。村守は痩せた貧相な男で、威厳のために蓄えたと思われる髭もひょろひょろとしたどじょう髭。こんなに美しい妻にふさわしいとは思えない。

陽湖の表情もそう言っているようで、腑に落ちないのは同じらしかった。だがそんな表情は一瞬で消し、にこやかに尋ねた。

「村守の妻どのならちょうどよかった。この岩場にあるこれらは、いったいなんのためのものなのだ？」

陽湖は岩の上に並んだ小さな家を見渡して言った。

「これは帰魂洞《きこんどう》と申しまして、海で死んだものの魂を慰めるためのものでございます」

令麗はそう言うと岩場の家の中でも大きく立派なものの前に膝をつき、手に持っていた馬の形をした玩具を置いた。

「昔からこの辺りでは海で死んだものがいると、魂が戻ってくるようにと……こうした家を用意するのでございます」

「魂が戻る？」

「はい。海で死ぬと人の肉体は滅び、魂は悪魚になると言われています。そうさせないためにここへ魂を呼び寄せるのです」

令麗は両手を合わせ頭を垂れている。彼女の身内が海で亡くなったのだろうか。

「主人が夫人《おくさま》にたいそうお気遣いいただいたと感謝しておりました。近いうちにわたくしどもの晩餐会にぜひいらしてくださいませ」

「ああ、そのうちにな」

「館の方みなさまで……ぜひ、そちらのお嬢さんも」

令麗は甜花を見てにっこりと微笑んだ。優しそうなその表情の中に、どこか寂しげな色を見て、甜花は思わずうなずいていた。

「かわいらしいこと。ぜひぜひいらしてね」

岩場の上を薄物のすそを引いて令麗が帰ってゆく。

その後ろ姿を見送り、「魂の容れ器《いれもの》だそうだ」と陽湖が甜花を振り向いた。

「確かに入ってますが、誰がだれという状態じゃありません。こういうのはあまりよくないです」

「人はおまえのように鬼霊を視る力はないからな」

美しい令麗も誰かに祈りを捧げていたが、それを受け取るのは彼女が願ったものではない。

それでも、遺されたものはそうやって自分の心を慰めるしかないのだろう。

今日出会った葬列の若い母親も、そのうちここへ家を建てるかもしれない。息子の面影を求めて……。

二

朱浜での日々は穏やかに過ぎていった。後宮で出るような宮廷料理ではないが、新鮮な魚介を使った家庭料理は毎日食べても飽きないし、浜辺の散策は出かけるたびになにかしらの宝物を見つけられた。

好奇心旺盛な浜の子供たちは、館を覗いて你亜や紅天と追いかけっこをするようになり、白糸は村の女たちから伊南地方の伝統的な刺繍を教えてもらってそれに熱中し、甜花も村人からこの辺りの伝説や言い伝えなどを聞き、それを帳面に書きとめたりしていた。

「ふう……」

甜花は筆を止め、目の前に広がる海を見つめた。

こうして記録を留めるのは、本当は言い訳だ。私は書仕の夢を捨ててはいませんよ、と祖父をごまかしているにすぎない。

大図書宮の書仕を目指して後宮に入ったのに、今の居心地の良い館勤めから抜け出す勇気がない。かわいがってくれる陽湖の優しさに、ずるずると本当の望みも言い出せず、どんどん書仕から遠ざかっている気がする。

こんなことで祖父の、自分の願いが叶えられるのだろうか。

「わたし、本当にだめだなあ」

甜花は自分が記録した記事を読んでみた。ただ聞いたことを書き移しているだけのつまらない記事。祖父の記事はどんなものでもそこに彼の視点が入り、読むものと対話しているような文章だった。

あの祖父の偉大な業績を、仕事を、書物を、散逸させるわけにはいかない。

甜花は自分の書いた記事を墨で塗りつぶした。

もう一度書き直しながら、大図書宮の書仕を決してあきらめない、と胸の中で繰り返し呟いた。


そんな折り、村守から晩餐会の招待状が届いた。

招待状には上品な香が焚き込められ、その香りは甜花にあの美しい村守の妻、令麗の寂しげな微笑みを思い出させた。

「陽湖さま、村守さまの晩餐会においでになりますか?」

そう言った甜花の顔を見て、陽湖はニヤリと意地悪そうな笑みを浮かべる。

「行かないと言ったら?」

「そ、それは」

甜花は口を尖らせた。

「もちろん陽湖さまのされたいようになさるのがよいかと」

「うそだ、うそ。甜々は行ってみたいのだろう?」

「べ、べつにわたしは——」

心を読まれたというよりは、きっとそんな顔をしていたのだろうと甜花は恥ずかしくなった。

「私は甜々の望みはなんだって叶えてやりたいのだ。だが、甜々、私よりあの女を好きになってはならんぞ？」

「そんなことは絶対ありません。わたしは陽湖さまを一番にお慕いしております」

そう言うと陽湖はぎゅっと甜花を胸に抱き寄せた。甜花は陽湖の豊満なふたつのふくらみの間に顔を押し付けられ、じたばたと両手を動かした。

「聞いたか、銀流。甜々は私が一番好きだと」

「聞いておりましたから甜々を放しておやりなさいませ。息が止まってしまいますよ」

「うわ、甜々大丈夫か」

言われて陽湖はあわてて甜花のからだを放した。

「だ、大丈夫です」

ぜえぜえと息をする甜花に陽湖は申し訳なさそうな顔をした。

「すまなかったなあ。だいたい乳房がこんな場所についているから悪いのだ。やはり腹に小さいのが六つくらい並んでいるのが最適だ」

陽湖さまはときどきキテレツなことをおっしゃる……。

村守の屋敷は浜に突き出している崖のそばに立っている。あの帰魂洞が納められている岩場の近くだ。

屋敷はいくつもの赤い提灯で飾りたてられ、その玄関までの道も村人たちが提灯を持って並んでいた。

「これは大変な歓迎だな」

陽湖は歩きながら居並ぶ村人たちに手を振った。村人たちも歓声で応える。

都から来た美しい夫人を見たい村人たちの希望を叶え、かつ、歓迎の演出も考えた村守は、顔は貧相だが案外やり手なのかもしれない。

晩餐会の部屋は二階にあり、海が一望できる大きな窓が作られていた。ただ夜のこの時間は真っ暗な海しか見えない。しかし、陽湖たちが席についたとたん、合図をしたのか海の上にいくつもの火が灯った。

「イカを獲っている船です。漁村ならではのおもてなしをと思いまして」

村守はどじょう髭を撫でながら言った。沖の漁《いさ》り火が一列に並んだり、また輪を描いたりと、まるで舞のように動くさまは美しかった。

「これはこれは。珍しく楽しい見物だ。いたみいる」

陽湖が村守に本心からの笑みを向けると、日に焼けた細長い顔がぽっと赤くなった。あれほど美しい妻を持っていても、陽湖の美貌には血を熱くするらしい。

「ではどうぞ、一献《いっこん》」

晩餐会の部屋は分厚い織物が敷き詰められ、座り心地のいい座布もたくさん用意されていた。

それにもたれて陽湖は村守から酒を受けた。

酒は米を発酵させたもので、穀類が乏しい海辺の村では作るのはむずかしい。おそらく遠く都から運んできたのだろう。とろりと白く濁った甘みのある酒と、さらりとした透明な辛い酒の二種類が用意されていた。

陽湖は白酒が気に入ったらしく、最初は小さな杯で、あとからは大きめの器で、手酌で飲《や》っていた。

村守とも話が弾み、この辺りの歴史や産業についてもよく耳を傾けている。

陽湖のすぐそばには銀流、それから你亜、白糸、紅天と座り、甜花は末席だった。

時折陽湖が銀流ごしに首を伸ばして甜花の様子をうかがい、「これ、おいしいぞ」とか「こっちは食ったか？」と声をかけてくれる。

陽湖が気にかけてくれるのは嬉しいが、逆に甜花は申し訳なく、そのたびに身を縮めていた。

「あなたはなんというお名前なの？」

村守の妻、令麗が甜花に煮た魚を取り分けながら聞いた。

「はい、甜花と申します」

「まあ、お名前もかわいらしいのね」

「あ、ありがとうございます」

令麗はゆったりと微笑み、甜花の前に膝を寄せた。食事の邪魔をしない、控えめな優しい香りが甜花に届く。

「こんなに小さいのに後宮で働いているの？」

「わたし一五歳です。後宮には一三歳から勤めることができます」

確かに童顔だが、そんな心配されるほど幼く見えるだろうか、と甜花は複雑な気分になった。

「ま、一五歳！」

令麗は驚いたように口元に手を当てた。

「あなたあなた、甜花さんは一五歳ですって。青耀《セイヨウ》と同じ年ですわ」

令麗は離れた場所に座る夫にはしゃいだ様子で言った。

「そうだね、令麗。嬉しい偶然だね」

言葉は優しいが村守は少し困った顔をしていた。だが、見つめるまなざしも柔らかで、彼が妻を愛おしく思っていることがわかる。

「青耀さんというのはお子さんですか？」

甜花も同年ということで興味を持って聞いた。この晩餐会には来ていないようだが。

「ええ、うちの一人息子なの」

一人息子……では令麗が帰魂洞で祈っていたのは彼の兄弟のためだったのだろうか。

甜花は小さな家の前に置かれた馬の玩具を思い出した。

「そうだわ、甜花さん。青耀に会ってもらえないかしら。できればお友達になってください な。村には同じ年の女の子は少なくて」

令麗は両手を胸の前で合わせて輝くような笑顔で言った。

「令麗、ご迷惑だよ。みなさまはじき都へ戻られる方々だ」

村守が遠くから手を振って止めようとする。

「あら、そんなことはありませんわ。ねえ？　甜花さん」

「え、ええ」

しかし村守は困った顔でしきりにどじょう髭をひっぱっている。甜花と目を合わすと小さく首も振った。行かないほうがいいのだろうか。

「お願いですわ、あなた。ちょっとだけ、ご挨拶だけですから」

令麗が膝で村守の前にすり寄る。村守は本当に弱りきった顔をしていたが、結局妻の懇願に負けたようだった。

「すみません、甜花さん。これの我が儘につきあっていただけますか？」

村守は下働きにも丁寧な物言いをしてくれて、甜花は好感を持った。

「はい、陽湖さまの許可をいただけましたら」

甜花はそう言って陽湖を見た。陽湖は杯を持ったまま鷹揚にうなずく。

「かまわんが……」

ちら、と村守に目をやる。

「青耀とはさきほど話に出た息子のことだな？」

「……はい」

「そちらがいいならよい」

「ありがとうございます」

謎の会話だ。青耀という人に会うだけなのに、いったいなにが問題なのだろう？

「嬉しいわ、行きましょう甜花さん」

「すまない、甜花さん。妻につきあってやってください。でも息子を見ても驚かないようにお願いします。その、ちょっと、……変わっているので」

「はい」

陽湖が止めないなら問題はないだろうと、甜花は立ち上がった。

にぎやかな晩餐会の部屋から離れ、長い廊下を渡る。突き当たりに下への階段があった。

「ちょっと足下が暗くてごめんなさいね」

令麗は壁から下がっている吊り灯籠に火を入れた。

「青耀の部屋は地下にあるの」

一階からさらに地下に降りると潮の匂いがした。波が崖に打ち寄せる音もすぐ近くに聞こえる。

窓のない廊下をしばらく進むと小さな扉の前に着いた。

「青耀、お母さんよ」

令麗が優しい声をかける。その声の調子にちくんと胸が痛んだ。自分にも母親がいたらこんなふうに優しく呼んでもらえるだろうか。

返事はなかったが令麗は扉を開けた。

「青耀、甜花さんよ。あなたと同じ一五歳ですって。お友達になってくださるそうよ」

令麗は華やかな声音で呼んだ。甜花も彼女の期待を裏切りたくなくて明るく声をあげる。

「こんにちは、甜花です」

令麗と一緒に部屋に入った甜花は目の前にいた少年を見て息をのんだ。

その少年は人ではなかった。生きているものではない。

それは「絵」だったのだ。

まるで生きているかのような見事な少年の絵……。

「驚いたでしょう？　甜花さん。ごめんなさいね、絵で」

そんな甜花の様子に令麗が申し訳なさそうな顔をした。

「え、は、はい……」

確かに驚いたが令麗が穏やかなので甜花もさほど取り乱すことはなかった。令麗が次に言った言葉を聞くまでは。

「でも、今は絵でもそのうちちゃんと人となって戻ってくるの。わたくし、そのための準備をしているのよ」

「え？」

「青耀は五歳のときに波にさらわれてしまったんだけど、でも死んではいないの。帰魂洞の中にちゃんと戻っているの。今は一五歳だからきっとこんな姿……」

令麗は甜花の腕をとって部屋の中を案内した。部屋には一五歳の男の子に着せる服が飾られ、一五歳の男の子が好きそうな書物や絵や玩具が置いてあった。

隅のほうにも絵が置かれており、それは今の絵より少し幼い姿が描かれている。令麗はそれを愛おしそうに撫でた。

「これは去年の、一四歳の青耀よ。こちらは一三歳……。毎年描いてもらっているの。これはもっと幼い頃、八歳、七歳、六歳……かわいいでしょう？」

令麗は何枚もある絵を甜花に見せた。

「もうじき、もうじきなのよ、甜花さん。そうしたら生きている青耀に会ってあげてね……」

令麗は嬉しそうに笑う。その笑みに、部屋の中が突然洞窟にでもなったかのように、甜花はぞっと寒気を覚えた。


「さて、村守どの。さきほど息子さんは亡くなられたと話してくれていたが、奥方のあれはどういうことか？」

甜花と令麗が出て行ってから、陽湖は村守の黄呂に聞いた。

「はい。説明させていただきます。しかしその前に、妻の――令麗の話を聞いてください」

黄呂は陽湖の酒器に白酒を注ぎ、次に自分の杯にも注いだ。

「令麗が母親に連れられてうちに来たのは、彼女がまだ一四歳のときです。二人は東から流れてきた巡礼でした。母親は金に困っていました。彼女は東の歌や舞を見せて金をもらう芸人でしたが、そのときはからだを壊してその芸もできなくなっていたのです」

ほお、と陽湖は驚きを目で表した。あの美しい令麗が旅回りの芸人の子だったとは。

「令麗は実は古《いにしえ》の王朝の血を引くもの……その王朝は今の那ノ国よりも古い、滅びた家系」

黄呂は杯を口にしながら歌うように言った。

「あれの母親はそう言って私に娘を買うように言いました。娘の価値を少しでも高めようとしたのかもしれません。だったら領守や中央の貴族の屋敷にでも行けばよかったのです。でも私くらいの身分のもののほうが、ありがたがると思ったのでしょうね。

私は一目見て令麗に心を奪われました。なので古の王朝云々《うんぬん》は抜きにしても、彼女を手に入れたかった……。私は母親に金を払い、彼女は娘を残して去りました。

金銭で買ったとはいえ、私は令麗を大切にしました。心から好きになってくれるように、長い時間かけて尽くしました。その甲斐あって、令麗も私に心を許し、仲のよい夫婦になれたのです」

貧相な顔の黄呂は照れているのか、しきりに髭をいじっていた。

「私のようなものにはもったいない妻です。美しく賢く慈悲深い。彼女の出自を知っている村人も彼女を村守の妻と認めてくれました。けれど令麗は……本当は私の妻でいることに満足していなかったのです」

村守の顔がこのときだけ厳しくなった。

「そうなのか？　彼女はおぬしに従順のようだったが」

黄呂は一気に杯を飲み干すと、ふううと大きく息を吐いた。

「――令麗の望みは息子の青耀を古の王朝の玉座《ぎょくざ》に座らせることだったのです」

「それはまた壮大な望みだな」

陽湖が酒を注いでやる。黄呂は「もったいないことを」と言いながらもそれを受けた。

「令麗は母親に吹き込まれた与太話を信じ込んでいるのです。自分は滅びた王朝の姫であり、息子はこんな田舎の村守ではなく、古代王朝の王になるべきものであると……」

「だが、息子は死んだ」

「はい。令麗は青耀を浜で遊ばせていました。そこを突然波が襲い、息子をさらっていってしまったのです。青耀の死体はあがりませんでした……」

村守は目を伏せ、つらい息をこぼした。

「一年ほど令麗は泣き暮らしていました。しかし、時が経つにつれ、少しずつ変わっていきました。青耀は死んでいないと言い張り、毎年息子の肖像画を描かせ新しい服を用意し玩具を買い……。いつか青耀が戻ってくると言うのです」

「子を失った母親なら――仕方がないかもしれんな」

陽湖も甜花を失った自分を思い出し、同情の意を表した。

「はい、私もそう思い、令麗の気がすむならとそれを認めております。令麗は地下に作った青耀の部屋にこもってなにやらまじないのような儀式をします。けれどそういう時間以外は昔と変わらず優しく美しい、自慢の妻です。私は彼女の心が落ち着くまで見守っていきたいのです」

「まじない……か」

陽湖は赤い唇を指先で弾いた。なにか思い出しているような目つきで空を見る。

「令麗が言うには古の王朝に伝わるものだとか。母親からそんな夢物語でも聞いていたのでしょう……」


甜花は令麗の後ろに立ち、彼女が息子の肖像画に向かって祈っている様子を見つめていた。

令麗はこうやって自分の心を一〇年の間守っていたのだろう、と考える。息子が死んだことを受け入れたくないのだ。

しかしそれは健全なことだろうか？

いつまでも戻ってこない息子を待つことは、母親の心を歪めてしまわないだろうか？

「甜花さん」

祈りを終えた令麗が微笑みを浮かべたまま振り向いた。

「今、青耀が言っていたわ。あなたをとても気に入ったって。それでそのぅ……あなたさえよければ結婚を前提におつきあいさせていただきたいって」

「ええっ！」

「どうかしら。年が同じだと少し頼りないと思うかもしれないんだけど」

令麗は立ち上がり甜花にすり寄る。

「い、いいえ、わたしは陽湖さまの下働きの身でありますし、村守さまとは身分が違います」

「後宮勤めなら十分よ」

「でもお仕事を辞めることはできません」

「もちろん今すぐじゃなくてもいいのよ、年季明けを待つわ」

「いえ、あの、でも」

必死に断りの理由を考える甜花に、令麗はすっと笑みを消して目を覗き込む。

「わたくしの息子が気に入らないの？　息子は秋《シユウ》王朝の血を引くものなのよ？」

「シュ、秋王朝？」

「秋王朝は滅びた王家……だからいやなの？」

表情が変わっている。美しいだけに怖いくらいだ。

「そ、そうじゃありません、わたし、ええっと、わたし……」

ひやりと左腕が冷たくなった。思わず押さえた甜花は袖の下の固いものの存在を思い出してはっとなった。

「わ、わたし、許婚《いいなずけ》がいるんです！　結婚の約束をした方がいるんです、この腕輪はその方にいただいた証です！」

甜花はそう言って袖の下に隠していた玉《ぎよく》の腕輪を見せた。それは乏しい灯りの中でも七色に美しく輝いていた。

「まあ――まあ……」

令麗の目が腕輪に吸い寄せられる。

「なんて見事な……。まあ……そうなの……」

まがまがしいほどの恐ろしい顔からすうっと毒気が抜けたように、令麗はもとの穏やかな表情を取り戻した。

「婚約者がいらっしゃるなら……仕方ありませんね」

甜花はほっと肩を落とした。令麗がもとに戻った安堵からだ。

「すみません……青耀さまの期待にお応えできなくて」

「いいのよ。第一結婚なんてまだ早いわ。青耀ったら、部屋に閉じこもっているものだからませてしまったのね」

令麗はくすくすと笑った。その言葉は本当に息子がこの部屋にいるかのようだった。

「じゃあ晩餐会のお部屋に戻りましょうか？」

「は、はい」

令麗はまともだ。まともに壊れているのだ。


「戻りました。席を外して申し訳ありませんでした」

晩餐会の部屋に戻ると令麗は膝をつき、するすると陽湖の前に進んだ。

「お付きの方をお借りして申し訳ありませんでしたわ」

「いや、かまわん。息子どのと上手に挨拶ができたか？」

陽湖は部屋の入り口に立っている甜花に目を向けた。

「はい。甜花さんは青耀とお友達になってくださると」

「そうか」

陽湖は座布の上から立ち上がった。

「すまない、厠《かわや》を借りるぞ」

陽湖は甜花の前を通り、小声で「ついておいで」と言った。甜花は黙って陽湖のあとに従った。

「それで……大丈夫だったのか？」

厠の前で陽湖は甜花に聞いた。そのとたん、甜花の目から熱い涙が溢れた。

「お、おい。甜々、どうしたのだ。やはりなにかされたのか？　怖かったのか？」

いいえいいえ、と甜花は顔を覆って首を振った。

「び、びっくりしましたし……少し怖かったですけど……違うんです。令麗さまがおかわいそうで」

「かわいそう？」

「青耀さんのことをとても愛してらして……心が壊れるくらい愛してらして……。でも青耀さんは戻ってこない……。令麗さま、おかわいそう……」

うつむいてぽろぽろと涙を零す甜花に、陽湖はどうすればいいかわからないという顔をしていた。

「困ったな。甜々を傷つけるものがいれば私がくびり殺してやってもいいんだが、そういうわけでもなさそうだし……どうすれば涙が止まるのだ？　甜々」

目をあげて陽湖を見ると本当に困っているようなので、甜花はごしごしと涙をぬぐった。

「約束してください、陽湖さま」

「約束？」

「はい。陽湖さまはわたしより先に死なないでください。わたしを置いていかないでください」

「約束すれば泣き止むのか？」

「はい」

陽湖は手のひらを甜花の頭の上に乗せた。

「私はもうずっと長生きしているが……、約束しよう。甜々より先には死なないと」

「本当ですか？」

「誓うよ、天涯山《テンガイザン》の大妖の三本の尾にかけて」

陽湖の言葉に甜花は目をパチパチさせて涙を弾いた。

「おかしなものに誓われるのですね」

「そうか？　私の在郷ではよく使われる誓いなのだ」

甜花はぐすんと洟をすすり、にこりと笑みを作る。

「ごめんなさい、もう平気です」

「本当か？」

「はい。約束していただいてありがとうございます」

陽湖と甜花は厠を離れた。途中の渡り廊下から夜の庭が見える。都に比べ暖かな気候の伊南では、まだ金木犀が咲いているのか、甘い香りが漂ってきた。

「陽湖さま。わたし、ちょっと庭を歩いてきます。この顔じゃお部屋に戻れませんし」

甜花は赤くなった目の縁を押さえた。

「大丈夫か？　庭は暗いぞ」

「外に行かなければ危険はありません。頬を冷やしたらすぐ戻ります」

「ついていこうか？」

「夫人《おくさま》は下働きを甘やかしすぎです」

わざと役職で言う。陽湖はむすっと唇を尖らせた。

「すぐに戻ってこいよ」

「はい」

甜花は渡り廊下の切れ目から庭へ出た。暗かったが金木犀の香りに導かれるように歩いていく。

夜の冷気が熱くなっていた顔を冷やしてくれる。

庭は鉄製の柵で周りを取り囲んでいるようだ。その柵に摑まり、海からの風を胸の中いっぱいに吸い込んだ。

(令麗さまはいつか青耀さまの死と向き合うことがおできになるだろうか？)

美しい令麗。優しい母親。助けてあげたい。

けれどわたしにできるのは鬼霊を視ることだけ。帰魂洞ではそれらしき霊を視ることはできなかった。青耀さまはもうこちらにとどまってはいないのだろうか。

ふと、甜花は柵の向こう、岩場に打ち寄せる波がキラキラと輝いているのを見つけた。さっきまではなかった輝きだ。青い星のようなものがたくさん、波に乗って揺らめいている。

(あれは――夜光虫《やこうちゅう》だわ)

以前、祖父の士暮と旅をしたとき、やはり海辺の町で見たことがある。目に見えないほどの小さな虫だったり、貝だったりイカだったりクラゲだったり、その正体はいろいろだが、海の中で光を放つ生き物。

近くで見たい、と甜花は思った。夜光虫を見るのは何年ぶりだろう。

手探りで柵を辿っていくと、扉になっている部分があった。押し開けて月明かりを頼りによく見ると、海へ下りる道になっている。

幸いなことにその道にも柵が設置され、手で辿っていけば下りられるようだった。

「すぐに戻ると言ったけど……」

ちらっと渡り廊下を見たが、好奇心に勝てなかった。夜光虫が打ち寄せられている岩場までさほど距離はない。すぐに戻れるだろう。

柵の戸を開けて足を踏み出す。さくり、と砂の感触があった。岩ではないらしい。よかった、と甜花は注意して歩き出した。

夜光虫の光が岩を縁取り輝いている。波に乗って浜に打ち上げられたものは、いくつもの扇形の光の線を描いている。それを波がさらい、また打ち寄せる。

青白い光はごく狭い範囲に集まっていた。海流の関係だろうか？

帰魂洞のそばなので、雑多な霊もふらふらと視える。そちらはあまり見ないようにして、甜花は漂う光を見つめた。

「不思議ね。どうして光るんだろう……」

夜光虫の光を美しいと感じるのは人間だけだ。餌を呼び寄せるため、生殖行動のため、威嚇のため……いろんな理由はあるが、なぜこんなに美しく見せる必要があるのだろうか。

不意に、夜光虫の群れが一ヶ所に固まった。それらは一度円を描いたかと思うと、いきなり海の上に立ち上がった。

「えっ」

見ているうちに棒状に立ち上がった光の群れがまた変化し、頭と手足を持った人間の姿になった。まるで子供が描く棒人間のようだ。

それはゆらゆらとからだを動かして、甜花を招くように手の部分を振った。

（妖物？）

思わず後ずさる甜花の耳に小さな声が聞こえてきた。いや、それは本当に音だったろうか？　誰かの思いではないだろうか？

（トメテ……）

その声は甜花にそう伝えてきた。

（オカアサンヲ……トメテ……）

「なに？　なんのこと？」

聞き返してしまった。霊や妖と意思の疎通をしてはいけないのに。

（オカアサンヲ……）

光る人型の顔の部分にふっと表情が乗る。甜花はその顔を知っていた。

「あなたは……！」

だが、呼びかける前に光はバラバラとほぐれ、元の夜光虫の群れに戻ってしまった。

（今のは……）

甜花はそろそろと後退した。背中に庭の柵が当たる。それを摑んですぐに庭の中に戻った。

「今、のは……」

背中にじっとりと汗をかいていた。

「間違いないわ……あれは、青耀さまだわ」


晩餐会はなごやかに過ぎて、やがてお開きとなった。陽湖はかなり飲んでいたはずだが、まったくそれらしい景色を見せず、座布から立ち上がる足下もしっかりしていた。

「陽湖さまお強いんですね」

「私などまだまだだ。おとなしく見えて銀流は私の倍飲んでいたぞ」

陽湖にそう言われた銀流は驚く甜花ににこりと笑みを浮かべてみせた。銀流の微笑みなんてめったに見られるものではない。なるほど多少は酔っているようだ。だがいつものするするとした足取りは変わらない。

你亜と紅天はうつらうつらしていて、白糸が「しっかりなさいましよ、もう！」と怒りながら二人を支えていた。

「またぜひいらしてください」

村守の黄呂がにこやかに笑って言う。貧相などじょう髭と侮っていたが、話してみると博識で穏やかで、立派な人物ということがわかった。なんとなく、最初のときより貫禄があるように見える。

その隣に美しい令麗。白くなよやかな手をあげて甜花たちを見送ってくれた。

歩き出して少し離れてから、甜花は（やっぱり……）と駆け戻った。

「あ、あの、令麗さま……！」

甜花は令麗の前に立ち頭を下げた。

「わたし、今からおかしなことを言いますけど、聞いてください」

令麗は目を丸くして、息を切らしている甜花を見た。

「わたし、さっき岩場で青耀さまにお会いしました」

「え……」

令麗も、隣にいた黄呂も驚いた顔をした。

「青耀に会ったの？　本当に？」

令麗は興奮してうわずった声をあげる。

「なにか、あの子はなにか言っていた？」

「青耀さまは五歳のお子さまのお姿でした」

甜花は歯をくいしばった。

今から告げる言葉は令麗の今までを否定するものだ。そうしたら令麗はわたしを嫌いになるかもしれない。今まで真実を言って喜ばれたためしなんてないもの。

「甜花さん、教えて。あの子は――」

令麗は甜花の手を取る。その優しい体温。青耀も甜花も二度と触れることのできない母親の熱。

「青耀さまはお母様である令麗さまのことを心配されていました。……お母様を止めて、とおっしゃってました」

悲しい気持ちで甜花は令麗の手を握った。

「え、……」

「お母様を止めてとわたしにおっしゃったのです。令麗さま、どうか、前をご覧になってください。明日を見てください。青耀さまは五歳でお亡くなりになったんです」

「……!」

令麗は甜花の手を振り払い、どんっとそのからだを突き飛ばした。

「なにを……なにを言うの！　青耀は生きてる、生きて戻ってくるのよ！」

「令麗さま……」

甜花は地面に尻をつけ、令麗を見上げた。ああ、やはりだめなのか――。

「あなた――あなた――、そうよね？　青耀は生きているわよね？　秋王朝の末裔の
あの子が死ぬわけありませんよね⁉」

令麗は夫にすがって叫んだ。黄呂は妻の肩に両手を置き、その細い肢体を優しく抱
き寄せた。

「令麗、あの子はね……青耀は……」

「あなた、旦那様、お願い！　あの子は生きているとおっしゃって！　お願い、お願
いよ！」

令麗は泣きじゃくっている。黄呂は眉間にしわを寄せ、苦しい顔をした。

「あなた――！」

「青耀は……」

村守は固く目を閉じた。

「――生きて、いるよ」

「黄呂さま……」

呆然とする甜花を背後から抱き起こしてくれたのは陽湖だった。

「行くぞ、甜々」

「で、でも」

「人は悲しみを自分で乗り越えなければならん。他人が口や手を出すのは、求められたときだけだ……士暮はそう言っていなかったか？」

甜花は立ち上がり令麗に頭を下げた。

「ごめんなさい、令麗さま……」

令麗はきっ、と怖い目で甜花を睨む。

「あっち へ行って！」

令麗は口から唾を飛ばして叫んだ。

「あなたは青耀の友達なんかじゃない、あなたなんか嫌い！　青耀は戻ってくるのよ！　わたくしはそのために準備してるの！　あとたった三八人なんだから！　もうわたくしに近づかないで！」

「……ごめんなさい」

甜花は陽湖に肩を抱かれながら令麗の前から去った。涙がにじんできた。

青耀の願いも叶えられない。令麗も救えない。嫌われてしまった。

自分がみじめで情けなかった。

甜花のすぐ前を、白糸が紅天と伱亜を両肩で支えながら歩いていた。甜花は陽湖に礼を言って離れると、白糸に駆け寄り紅天を肩で支えた。

「あなた、バカじゃありませんの」

白糸は甜花の顔を見ずに毒づいた。

「あの人間が一番言われたくない言葉だってわかってたのでしょう？」

「うう」

「わかってて言って傷ついて泣くなんて、バカですわよ」

「うー、うー、ううー……」

甜花はぼろぼろと涙をこぼした。

「泣き虫」

白糸がそう言って小手巾《ハンカチ》を差し出してくれた。

「返さなくてもよろしいですわ」

小手巾には小さな青い花が刺繍してある。甜花はその花に目を押し当てた。

三

日々は波のように穏やかに繰り返し過ぎていき、やがて祭りの当日、館に客人がやってきた。

地味な小さい馬車から降りてきたのは璃英皇帝だった。

「ヒマか？　ヒマなのか？」

陽湖は呆れた調子で言った。

「皇帝がそんな少数の供でふらふらとこんな田舎へ」

「少数だが精鋭だ」

璃英は館の外にいる供を見て言った。

「今日は皇帝ではなく陽湖どのの友人として来たのだ。皇の冕冠は陽湖どのに取り上げられてしまったからな」

璃英はするりと無冠の頭を撫でる。

「冕冠なぞ、代わりはいくらでもあるだろう」

「重いものがなくなり身が軽くなったのだよ」

「口も軽くなったようだな」

他愛ない会話を交わして璃英は楽しそうだった。

「陽湖どのはお変わりなさそうだ」

「まあな。田舎暮らしが性に合っているというのか」

「甜々も」

璃英はお茶を運んできた甜花に微笑む。

「元気だったか」

「は、はい」

笑顔が美しくてぼうっとする。お茶を差し出すとき手が震えてしまった。

「甜花ってばこの間大泣きしてしまったのですわ」

白糸が部屋の隅で声をあげる。それを聞いて璃英は「本当か？」と甜花に首をかしげた。

「そ、そんな。泣いたって、たいしたことは」

甜花は白糸を睨んだ。よけいなことを言って陛下の気をひいちゃったじゃない！

「なぜ泣いた」

「なぜって……」

「甜々、まだ気にしているのだろう？　陛下に話してみればどうだ。慰めていただけるかもしれんぞ」

「陽湖さままでそんな」

文句を言ったが、璃英は話すまで見ているぞ、という顔をして前に座っている。甜花は仕方なく先日の令麗との話をした。

「なるほど。甜々はその夫人を助けたかったのだな」

「でもわたしのやり方では令麗さまを傷つけてしまっただけでした」

「まあおまえの……その、全力で正面から当たっていくところは好感が持てるが」

璃英は空になった茶器を床に置いた。

「少し外へ出ないか？」

甜花は璃英に誘われ館の外へ出た。供が二人の姿を見てさっと地面から立ち上がる。それに璃英は手のひらを向けた。

「大丈夫だ。おまえたちも館で茶を馳走になるといい。陽湖どのには頼んでおいた」

供たちは顔を見合わせたが、璃英が重ねて言うと頭を下げて館の中へ入った。

「信頼できる方々なんですね」

「ああ、兄の警護の兵だったものたちだ。兄への忠誠そのままで皇を守ってくれている。手練れの兵だ。そのうち紹介しよう」

璃英と甜花は砂浜に下りた。大きな流木が横たわっている場所まで行って、二人で腰を下ろす。

「甜々のやり方は好感が持てると言ったが、それはたいてい当たって砕けてしまう。そうするとおまえが傷つく。皇も幼い頃からこの目のせいで言わずともよいことを言って周囲を不快にさせてきた。彼らがそれによって受ける傷はたいてい我が身に跳ね返る。もう少しやり方を考えねばな」

「なにかいい方法がありますか」

「ないな」

璃英はばっさりと切り捨てた。

「時が癒すという。待つしかない。令麗という夫人が自ら目を開けるまで」

「ずっと開けないかもしれません」

「夫の黄呂どのはよくできた人物なのだろう？　そういう人物がそばにいればさほど心配することはない」

「それでも……」

令麗が青耀の部屋で見せた狂気。心優しい黄呂があの狂気に呑み込まれてしまうのではないか。

「そういえばさっきの話でおまえは青耀どのの嫁になってほしいと言われたのだったな」

璃英が急に話を変えた。

「えっ、あ、あの、でも、令麗さまはきっともうそんなお考えはないと思います」

「残念だとは思っていないか？」

「まさか！　青耀さまは五歳ですよ！」

「令麗どのの中では一五歳だ」

「絵ですよ!?」

「いい男に描かれていたのだろう？」

「おにいちゃんのほうが美男です！」

言って甜花は真っ赤になった。婚約者がいると大見得を切った。自分だって亡くなった瑠昂を心の支えにしている。

「そうか、兄上のほうが美男か」

璃英はくすくす笑う。

「ところで甜々」

熱くなった頰を両手で押さえている甜花に璃英は顔を近づけた。

「皇は年々兄上に似てきたと言われるのだが、どうだ？　皇も美男か？」

「は……」

顔を上げるとすぐそばに璃英の美しい顔があった。

「きゃあっ！」

動転した甜花は思わず片手で皇帝の顔を押し返してしまった。


午後から全員で祭りに出向いた。

璃英は庶民の着るような綿のざっくりとした上着を羽織り、髪も簡単に頭頂で結んだだけで背中に長く垂らしていた。誰も那ノ国の皇帝だとは思うまい。顔立ちがきれいすぎることは置いておく。

璃英の供のものたちも浜の人間が着るような服に着替えていた。こちらも鋭い目つきは隠しようがないが仕方がない。

館の女たちは温かそうな毛皮にくるまっていた。

「おお、にぎやかなことだ」

ドゥンドゥンと腹に響く太鼓の音。シャランシャランと金属の鐘を叩く音もしている。村のそこかしこに五色の吹き流しが飾られ、海からの風を受けて勢いよく空を泳いでいた。

弦楽の音に惹かれて覗いてみると、村の大きな広場に櫓《やぐら》が立てられ、その上で演奏しているらしい。

老いも若きも櫓の周りで楽しげに踊っていた。広場にはずらりと屋台が並び、焼いた魚や団子、湯に焼き菓子などいろいろなものが並んでいる。

「海に恵みを感謝し、先祖の魂を慰める日だと黄呂どのは言ってたな。祭りの終わりには夜の海に灯籠を流すとか」

陽湖が楽しそうにそう教えてくれた。

わあっと歓声をあげ、魚の面をかぶった子供たちが甜花の横を駆け抜けていった。

「子供……」

幼い子供を見るとどうしても青耀のことを思い出してしまう。

この浜では子供がよく亡くなったり行方不明になったりしている、という話も思い出した。それでも子供たちはその日その日を、笑って泣いて走って騒いで、懸命に生きていくのだ。

「甜々」

璃英が声をかけてきた。振り向くと、ぎょろりとした大きな目とへの字の口、しかも下顎が突き出ている不細工な魚のお面をかぶっている。

「なんですか、それ」

思わず笑ってしまう。

「土産にしようと思ったのだが……おまえの分もあるぞ」

差し出されたのは真っ赤な魚の顔だ。

「祭りの日だ。笑っているほうがいい」

璃英はぽんと魚の面を渡し、先に歩いていった。甜花は面を持ってすんと伸びた背中を見送る。

「璃英さま……励ましてくださっているのかな」

また頬が熱くなり、甜花は赤い魚の面をかぶった。

「甜々」

陽湖の声に振り返ると、鮫のお面をかぶった主人が立っていた。

「手をお出し」

言われた通り手を差し出すと、手のひらの上にチャラチャラと小銭を渡される。

「せっかくの祭りだ。好きなものを買うといい」

「そ、そんな。結構です。わたしは見ているだけで」

返そうとしたが、やんわりと指を押さえられ握らされる。

「そう言うな。他のものも楽しんでいる」

見れば紅天は揚げたねじり焼包《パン》を両手に持っているし、白糸は肉巻き棒をいくつもくわえている。你亜は棒に刺した焼き魚をぱくついているし、銀流は酒の入った瓢箪《ひょうたん》をぐいぐいと空けていた。

「浜のものに金を落とす目的もあるのだ。どんどん使ったほうがいい」

「は、はあ……」

甜花は手の中の小銭を見た。ものすごい大金というわけではないが、村人の懐の足しにはなるだろう。

「じゃあ、いただきます」

甜花は小銭を握り、屋台を見て回った。

(なにを買おうかな……)

祭り自体久しぶりだ。祖父とあちこちの祭りを見て回った日々が懐かしい。にぎやかな呼び込みの声や、さまざまなものが並ぶ屋台の店に心が沸き立った。

「あ」

リンゴの飴がけを出している店があった。

（わあ、これ大好き！）

真っ赤なリンゴの外側に砂糖と水を煮詰めた飴をかける。冷めると表面が硝子のようにパリパリになり、刺してある棒を持って大口を開けて食べる——祭りの定番だ。

「どれにしようかな」

甜花は赤い魚の面を持ち上げ、並んでいる飴リンゴを見つめた。どれもおいしそうだ。

「——うまそうだな」

すっと甜花の背後に璃英が立った。まだあの不細工な魚の面をかぶっている。

「それを食うのか？」

「璃英さまも召し上がりますか？」

「……針仲《シンチユウ》が毒味をしていないものは食べてはいけないとうるさいのだ」

璃英はそっと背後を見た。甜花もつられて見ると、璃英の供の一人が鋭い目つきで見ている。右頬から左の頬にかけて長い傷跡が走っていた。

（あの人が針仲さま……）

甜花は飴リンゴに視線を戻した。

「ちょっと待っててください」

甜花は店のおじさんから飴リンゴを二個買った。

「毒味をしてあればいいんですよね」

そう言って右手に持ったものにかじりつく。パキン、と飴の壊れるいい音がした。

しゃりしゃりとリンゴの果肉の部分をかじり、ごくんと飲み込む。

「はい、毒味できました。どうぞ」

そう言ってかじってないほうを持った左手を差し出す。

「――」

面の下で璃英がどんな顔をしたのかはわからない。だが、璃英は腰を折ると、面を軽く持ち上げ、甜花の右手に顔を近づけた。

パキン、といい音がした。

「うん、うまい」

あっけにとられている甜花の手から、璃英は飴リンゴを奪った。

「り、璃英さま。そちらはわたしの食べかけ……」

「毒味したほうをもらうのが当然だろう？」

面の下でリンゴを咀嚼《そしゃく》する音が聞こえる。

「でも、だって」

背後を見ると針仲が甜花を睨んでいた。

「ああ、ほら、針仲さまが怒ってらっしゃるううう」

「気にするな、あいつは昔からあんな顔だ」

もう一度そっと見るとまだこちらを見ていた。

「怖いですよ！」

璃英は知らんぷりで背を向けてしまった。

「璃英さま！」

「他にも食べてみたいものがあるのだ。全部毒味しろ」

「お供の方に言ってください！」

璃英は急に立ち止まるとくるりと振り向いた。

「そういえば令麗どのの話の秋王朝、皇も昔学んだことがある」

「え？」

「興味があるか？」

好奇心を刺激される。士暮の資料の中には秋王朝の記載は少なかった。甜花はためらいがちに小さくうなずいた。

「秋王朝は魔皇神《マジン》を祀っていた国だった」

璃英は歩きながら話し出した。甜花はその横について歩く。

「魔皇神?」

「今は絵草子や子供を寝かしつけるためのお伽話の中にしかいないがな。秋の王家は代々国の祭祀を司り、呪術に優れていたそうだ。すべてのことを占いで決め、不都合には呪いで対処する。一説には呪術によって他国を滅ぼしたとか」

「まさか」

「まさか、だな。結局は那ノ国に滅ぼされたのだから……数百年前に」

そのあと璃英は口をつぐみ、すたすたと歩いていく。甜花は続きを待っていたが話してはくれない。

「璃英さま、他には……」

「さあな」

そっけなく言葉が放り出される。

「え、それだけですか?」

「あれ、うまそうだな。あれにしよう」

「ちょ、璃英さま!」

璃英はわめく甜花の腕を摑んで歩き出そうとした。だが、突然その動きが止まる。

「璃英さま?」

甜花は璃英の見ているものに気づいた。彼は祭りの踊りを見ている。いや、おそらくは踊りの場にいる人々の間に漂う白い影を。

「あれは……」

璃英は魚の面を頭の上まで持ち上げた。

「鬼霊だな。まだかろうじて人である記憶を持っているものたちだ。おそらく身内なのだろう」

帰魂洞にいるような姿も定かでない霊とは違う、人の姿の霊がいくつかいる。女性の霊が若い男にまとわりついていたが、その表情には心配する様子があり、母親なのかもしれないと思えた。

中年の女のそばに男の霊も視える。夫婦だったのかもしれない。幼子をにこにこと見守る老人もいた。

霊たちは生きている人間と一緒に櫓の周りを回って踊る。一回りするとすうっと離れて空へ上っていくのが見えた。

「浄化されてる……」

「そのようだな。祭りは死んだ人間の魂を慰める役目もあるのかもしれん」

白い影がゆっくりと青空へ上っていく。その様子には悲しみはなかった。安らぎさえ感じることができた。

死別は悲しい。だがやはり心を残して鬼霊になったり、ずっと死に囚われたりしていることのほうが苦しみは深まるのだ。

「妙だな」

璃英がかすかに眉根を寄せて呟く。

「なにがですか？」

「陽湖どのからこの村では子供が大勢亡くなっていると聞いていた。だが、この場に子供の鬼霊が見えない」

「そういえば……」

甜花はよく視ようと目を細めた。子供なら親のもとへ帰ってきたいと願うだろう。だが確かに子供の霊はいない。

「子供は素直だから留まらず昏岸《こんがん》へ行ったのかもしれんが……それでも一体もいないというのはな」

昏岸とは死者の逝く国の入り口のことだ。思いを残したものが鬼霊になるなら、残していないものはすぐに死者の国に向かう。理屈は合うが……。

「璃英さま」

甜花は璃英の服の袖を握った。目の前に子供の鬼霊が現れたからだ。

「この方は――青耀さまです」

晩餐会の夜に夜光虫の光の中で見た子供の顔。その顔をした霊が、今、甜花と璃英の前に現れた。

青耀の鬼霊はすっと腕を伸ばした。自分のからだの右側に指をぴんと立てて方向を示すように。

「なんだ？　なにかを――」

（トメテ）

青耀の言葉が頭に強く響く。

（ト　メ　テ　！）

頭に石を落とされたような衝撃に、二人して地面に膝をついた。

「璃英さま！」

背後で密かに見守っていたらしい針仲が璃英に駆け寄った。

「どうされました！」

「……大丈夫だ」

璃英は甜花の魚の面をはぎとり、顔を見た。

「甜々は？」

「だ、大丈夫です」

青耀の姿は消えていた。甜花はよろよろと立ち上がると青耀が指さしていたほうへ、ふらつきながらも駆け出した。


そこは地獄絵図のようだった。大人から子供まで、多くの人間が倒れ、呻き、苦しんでいた。

「ど、どうしてこんな……！」

ざっと見て五〇人近くいるだろうか？　これだけ大勢の人間がなぜいっせいに。

甜花は意識のある大人のそばに膝をついた。

「しっかりして！　なにがあったの」

「……わからない、みんな急に倒れて……」

顔に赤い斑点が浮き出ている。病気か？　なにかの感染症か？　だが大勢の人間がいっせいに倒れるというなら、食中毒か。だがこの斑点は……。

「くるしい……いきが、いきができない」

男は口を大きく開け、はっはっと呼吸をしようとしている。だがうまく肺が動かないらしい。

斑点、呼吸不全、この症状をわたしは知っている。

甜花は頭の中で毒物の書物をめくった。

「しっかりしろ！」

どこかで聞いた声に顔を上げると村守だった。倒れている子供を抱き上げようとしている。

「村守さま、これはいったい……」

「わからん。さっきから急にばたばたと」

璃英と針仲も駆けつけ、意識のある人間に問いかけている。

「おい、なにをした？　なにを食べた!?」

璃英も食中毒を疑っているらしい。

「な、なにも変わったものは……。屋台の魚と……配られていた鍋を……」

問われた男は苦しい息の下から必死に答えた。

針仲が璃英を振り向いた。

「こちらの女は団子と鍋を食べたそうです」

その他にも何人か聞くと、みんなが鍋を食べている。無料でふるまわれていたそうだ。

「村守さま、ふるまい鍋のことは……ご存じですか」

村守の顔が青くなった。

「鍋は……無料でふるまっている鍋は……私が——我が家で用意したものだ」

「村守さまが!?」

はっとした。この場には令麗がいない。そして青耀はなんと言っていた？

トメテ、と。

「令麗さまは……」

甜花はそっと言った。びくりと村守のからだが震える。

「鍋をふるまっていたのは——」

苦渋に満ちた村守の顔が物語っていた。鍋を村人にふるまっていたのは令麗だと。

「令麗さまはどこです！」

甜花の声に村守は唇を噛んだ。愛する妻がしたことを認めたくないのか。

「黄呂どの」

ヒヤリと硬質な声がかけられる。

陽湖が銀流たちを連れて立っていた。

「村の民の命を守るのが村守の務めのはず。甜々の問いに答えよ」

青い瞳が鋭く村守を射抜く。村守はぶるっと震えてうなだれた。

「西の——祭りの入り口で……」

甜花は立ち上がると駆け出した。

村守の妻がふるまう鍋ならみんなが喜んで集まるだろう。なんの疑いもなく器を差し出し、感謝して食べるはずだ。

甜花のそばを人が大勢駆けてゆく。あちこちで倒れる人が増えていた。

祭りは一転、修羅場となった。

(いた!)

湯気の上がる屋台。その前に令麗が立って大きな鍋をかき回している。なにも知らない子供が椀を差し出し、そこにおたまですくった汁を――。

「だめっ!」

甜花は椀を子供の手からはたき落とした。

「なにをするの?」

令麗が穏やかな声で言う。怒りも焦りも驚きもない声だった。

「令麗さま」

甜花は令麗の背後にあった鍋の材料を見た。魚や野菜、肉団子に葛……。

それらが入った箱や袋をどかすと、一番下にキラキラした青い貝が入った笊《ざる》があった。

「これは――」

甜花はこの特徴のある二枚貝を知っていた。

「鮫殺し……！　やっぱり」

甜花はその場で鍋をひっくり返した。

「なにをするの……」

やはり令麗は穏やかなままだ。その目は甜花に向いているが、この世のなにも見ていない。

甜花は令麗の前から走り出し、村と浜の境に駆けた。

砂浜に真っ赤な葉のヘビカブトの群れ。祭りの騒ぎも知らずに風にそよいでいる。

甜花はその草の茎を摑むと、勢いよく砂浜から引き抜いた。手が針で刺されたようにビリビリと痛むがかまっていられない。

持てるだけ抱えて祭りの場へ向かった。村守のいるところまで駆け戻ると、その場にヘビカブトの草を放り出す。

「口を開けて！　これを嚙んで！」

甜花は膝をつき、呻いている男の口をこじ開けた。わずかに開いた中に砂のついたままのヘビカブトの根をつっこむ。

「お、おい！　それは毒草だぞ！」

村守が仰天して叫ぶ。

「わかってます！　でも鮫殺しの毒を打ち消すにはこれしかありません」

「さ、鮫殺しだって!?」

呼吸ができず呻いていた男がその草を口にした。びくっと一瞬四肢が跳ね上がり、そのあと大きく息をした。

「毒を毒で消す拮抗作用というものです。みんなにヘビカブトの根を噛ませて。少しでいいですから！」

甜花はその場にいた人々に叫んだ。何人かは浜にヘビカブトを採りに走ってゆく。

「鮫殺しは人が口にすると息ができなくなって死ぬ猛毒の貝だ……」

海辺の村に住む黄呂なら周知のことだろう。彼は呆然と甜花の作業を見ていたが、村人たちのうめき声に我に返った。

「しっかりしろ、これを噛むんだ」

黄呂は自分もヘビカブトの根を茎からむしり取り、倒れている人の口につっこんだ。

「甜々！」

陽湖が甜花の腕をひっぱった。

「手が真っ赤だ。ヘビカブトにかぶれたな」

甜花は自分の手を見た。確かに真っ赤に腫れ上がり、ズキズキと痛む。

「大丈夫です。かぶれで死にはしません」

「痛むだろう」

陽湖は水で冷やした布を甜花の手に巻き付けた。

「みんなのほうが苦しいです」

甜花は周りを見渡した。息が整ってきたものも多いが、まだ大半は呻いている。体力のある大人はともかく、子供たちが心配だった。

「どうして令麗さまはこんなことを……」

「令麗の……やったことだったのか」

呟いた言葉に応えるものがいた。村守の黄呂だ。わずかな時間で細い顔はますます細く、どじょう髭は薄くなって力なく垂れ下がっている。

「教えてくれ。やはり妻の仕業だったのか」

「……はい。鍋に鮫殺し――青見貝が使われていました」

「なんということだ……！」

黄呂は顔を覆った。

「あの晩餐会の日から令麗は口数が少なくなり、様子もおかしくなった。私のことも見えていないようだった。だが、今日は久々に明るい笑顔を見せてくれたのに……」

「村守さま」

「なぜ、なぜ令麗はこんなことを――」

「……あと三八人」

陽湖がぞっとするような低い声で言った。

「令麗どのは晩餐会の帰り際そのようなことを言っていた。あと三八人。準備を進めてきたと。……」

白銀のけぶるまつげの下、氷のようなまなざしが村守を射る。

「ここ一〇年で子供が六二人死んだり行方不明だったりしたと聞いたぞ。その数に三八を足すと――」

「……ひゃく……？」

こんな残酷な計算はしたくはなかった。

四

令麗はすでに祭りの場にはいなかった。

「妻は屋敷に戻ったと思います」

黄呂は沈んだ表情で言った。

「令麗には他に行くところはないのです。村のもの全員に優しく接しますが、心を許す友は作りませんでした。趣味も楽しみも、熱を入れるものはなく、ただただ青耀の成長だけを見守っていました。令麗が向かうとすれば青耀の部屋だけです」

「村守どの」

璃英が針仲とともに近づいた。

「申し訳ないがこれだけの被害だ。そなたの妻を捕縛しなくてはならん」

「あ、あなたは……」

黄呂はぎょっとした顔で見知らぬ青年と男を見上げた。

「我らは陽湖さまの警護のものだ。宮城《きゅうじょう》の警吏も兼ねている。捕縛し、のちにこの地域の警吏に引き渡す。よろしいな？」

璃英はさらりと嘘をついた。だが、令麗を捕らえなければならないのは本当だろう。黄呂は息のできないどじょうのように口をぱくぱくさせたが、やがてがっくりとうつむいた。

「ご案内します……でも、お願いです。甜花さんを一緒にお連れしてもよろしいでしょうか？」

「わたしを？」

突然の指名に甜花は驚いた。

「甜花さんは令麗の心を揺り動かした人です。今の令麗には私の言葉が届かないかもしれません。でも甜花さんの言葉なら……」

そうだろうか？　鍋をひっくり返したときも令麗は自分を見ていなかったようだ。令麗の心はもう自分たちの手の届かない場所に行ってしまったのではないだろうか？

「なぜ令麗がこんなことをしたのか、私はどうしても知りたいのです」

そう懇願する黄呂に甜花はうなずいていた。甜花が行くなら主人である私も行く、と陽湖が言い張り同行することになった。

毒を飲まされたものたちを一ヶ所に集め、ヘビカブトを摂取させ安静にさせるようお願いする。村の無事なもの、針仲をのぞいた璃英の供、それに陽湖の館のものたちがそれを引き受けてくれた。

辿り着いた屋敷の中は静まりかえっていた。使用人たちはみんな祭りに出かけたのか。

「そんなことはありません、何人か留守番に残っているはずです」

村守が声をあげる。

「誰か、誰かいないか？　令麗は戻ってきていないか！」

開きっぱなしの玄関から走り込み、部屋をいくつか覗く。しかし、主人の声に応えるものはいなかった。

「誰か――」

ごとり、となにか重いものが落ちる音がした。音のしたほうの扉を開けると、使用人が一人倒れていた。からだの下から血が流れている。

「ど、どうした！」

村守が使用人を抱き起こすと、その娘は胸を真っ赤に染め、荒い呼吸で言った。

「お、奥さまが……令麗、さまが……」

「こっちにも倒れているぞ」

陽湖が別の人間を引きずってくる。

「村守どの、医司《いし》を呼べ。その間、彼らの応急手当は我らでする」

璃英は黄呂に言った。命じることに慣れた声に、村守は抵抗もせずに屋敷を飛び出した。

「針仲、応急処置はできるな？」

「はい。雑な刺し傷ですので」

針仲は使用人の服を開いて傷口に布を押し当てた。

「では頼む。我らは令麗どのを探す」

「陛下おひとりでは危険です」

そう言った針仲の顔をかすめて銀の光が走った。それは背後の柱に刺さる。陽湖の投げたかんざしだ。

「大丈夫だ。陛下は私がお守りする」

自信たっぷりな陽湖の目と針仲の暗く光る目が合う。数瞬絡んだあと針仲が目を伏せた。

「――よろしくお願いします」

陽湖はうなずき璃英と甜花を促した。

「青耀さまのお部屋はわかります」

甜花は先に立って廊下を走った。そのあとを追いながら璃英がぼやく。

「皇だって五歳のときから武道は学んでいるのだがな。針仲はいつまでも皇を雛扱いするのだ」

「それが警護の役目だから気にするな。だがあの男はかなりの手だな」

「わかるのか？」

「ああ。ああいう目をした狩人はしつこいし、しぶとい」

「狩り……？」

璃英は問おうとしたが、陽湖が甜花を追って速度をあげたので果たせなかった。

「この下です」

階段になってから足音を忍ばせる。大きな音を立てて令麗を驚かせないためだ。

扉の前で甜花は息を整えた。

「……令麗さま、奥さま」

そっと扉を叩く。返事はなかった。

「入ります、令麗さま」

鍵がかかっているかと思ったが、扉はあっさりと開いた。

だが部屋の中に令麗の姿はない。

「逃げたのか？」

「いや」

璃英の言葉に陽湖が部屋の隅を指さす。

「その辺りに隠し扉があるんじゃないのか？」

そこには令麗の衣がかけられた衝立があった。それをどかし壁に触れると確かに切れ込みがある。

「……開きます」

甜花が押すと壁に隠された扉が開いた。細い通路になっている。

璃英がなぜわかったのか？　というような顔をして見たが、陽湖はニヤリと笑みを返し、軽く鼻を擦っただけだった。

通路の先にまた扉があった。

「甜々、ここは私が開ける」

陽湖が先に立って扉を押した。そこも鍵はかけられていなかった。

令麗はもう投げやりになっているのかもしれない、と甜花は思った。なにも見ていないうつろな目を思い出す。

「令麗どの」

陽湖が呼びかける声で甜花は我に返った。令麗がいたのか!?

陽湖の背後から部屋の中を覗いて甜花は悲鳴をあげるところだった。

そこには令麗が座り込んでいた。

彼女は骨を抱いている。それは見つからなかったという息子だろうか？　令麗が密かに引き上げ、ここに安置していたのか。

骨は何度も何度も触れられ撫でられ慈しまれたのだろう、真っ白で輝いているようだった。

令麗の背後には祭壇のようなものがあり、そこでいやな匂いの香が焚かれていた。

「令麗どの」

「……ああ、陽湖さま」

令麗は顔を上げ、にっこりと微笑んだ。最初に帰魂洞で会ったときと同じ優しい笑みだった。

「もう少し待っていてくださいね……もうじき青耀が目を覚ましますから」

令麗は髑髏《どくろ》の落ちくぼんだ目の上を撫でる。

「この子は寝坊でごめんなさいね……」

「令麗どの。なぜ、ふるまい鍋に毒を入れた？」

陽湖は静かに尋ねた。令麗はぼんやりとした目を向ける。

「毒で村人の命を奪おうとしたのはなぜだ？」

「だって」

不思議なことを言う、と言わんばかりに令麗は首をかしげる。

「命が必要だったの。あと三八人の子供の命……」

「合計で百人か？」

「ええ、そうよ」

「ここ一〇年の子供たちの死に関わっているのだな？」

「ええ、そうよ」

令麗は手を伸ばし、札を貼り付けた壺に触れた。

「子供たちの魂をここに集めてあるの……今日のであわせて百人……青耀を取り戻すには百人の子供の魂が必要だったの」

「その祭壇に描かれた文様は秋王朝のものだな」

陽湖は祭壇から下がっている布に縫い込まれた文様を見て言った。

「まあ、よくご存じだこと」

令麗は嬉しそうに言う。

「秋王朝の反魂術——呪われた邪法」

陽湖が一歩踏み出して言った。

「この私の記憶でもそれは遙か昔に失われた術のはずだ」

「失われていないわ、わたくしが受け継いでいるもの……もちろん青耀にも……」

「本当に秋王朝の末裔だったのか」

璃英が驚きの声をあげる。その声に令麗は初めて彼を認識したのか、まあ、と小さく声をあげた。

「すてきな青年ね……甜花さんの許婚というのはその方なの？」

こんなときなのにその言葉に甜花の頭がかっと熱くなった。

「い、いえ、その、この人は」

「その通りだ」

璃英は甜花の前に出た。

「私が甜花の許婚だ。令麗どの、私たちはそなたの息子どのに会ったぞ」

「え……？」

思いがけない言葉に令麗の目にかすかに光が戻る。

「青耀に……？　青耀はどこに……？」

「青耀どのは我らに言った。止めてくれと。だから我らは青見貝の毒で苦しむ人々を救った。令麗どの……！」

　璃英は声に力を込める。

「村人は誰も死んではいない。三八人の子供の命は奪われていない。反魂の術は成功しない！」

「……」

　その言葉が令麗の耳から胸に落ちるまで、時間があった。令麗は何度も首をかしげ言葉の意味を反芻した。

「誰も死んでいない……術は……成功しない……？」

　ぎゅうっと腕の中の白骨を抱きしめる。

「では青耀は……？　青耀は戻ってこない？」

「青耀さまを眠らせてあげてください、令麗さま！」

　たまらなくなって甜花は叫んだ。

「お母様を心配する青耀さまを……安心して昏岸に送ってあげてください！」

「あああああっ！」

　令麗は頭を押さえて獣のような叫び声をあげた。腕から白骨が床に落ち、何本か骨が砕けた。

「うそよ！　うそよおおっ！　術が失敗するわけがない！　あんなに、あんなに苦労して魂を集めたのに！」

「自分の子供をよみがえらせるために他人の子供を犠牲にしたのか。子を失う母親の気持ちは誰よりわかっているはずなのに」

陽湖が感情のない冷たい声で言う。静かな怒りが感じられた。

「だからなんなの！　なにが悪いの！　青耀は、わたくしの子はたった一人よ！　他の子なんてわたくしの子供じゃないわ！」

「それが母親の言う言葉か！」

陽湖はぐいっと令麗の襟首を摑むとその頰を平手で張った。

「きゃあっ！」

令麗の細いからだは壁際まで飛ばされた。

「陽湖さま！　押さえてください！」

甜花は陽湖の腕に飛びつく。華奢な令麗の首がもげるような勢いだった。

「もうすこし……もうすこしだったのに……」

カチンと音がして令麗の歯が床の上に落ちた。血もぼたぼたと流れている。

「どうしてみんな……じゃまばかり……」

令麗は札の貼られた壺を抱き、叫び声をあげた。

「青耀！　戻ってきて！　戻ってきて！」

そのあと続けられたのは甜花の知らない言葉だった。これが古代、秋王朝で使われていた呪言なのか。

「せいよう――――ッ！」

令麗が甲高く叫ぶとそのこめかみから、目から、鼻から口から耳から、血がほとばしった。

その血が床に散らばった骨にかかったとたん。

骨が。

骨がカチャカチャと音を立て震えた。それは集まり、組み上げられる。しかしその形は人ではありえない。

「雑霊が……っ！」

璃英が叫んだ。

令麗のかけた反魂の術は正しい過程を踏まず、中途半端な状態で発動した。あるいはもともと間違っていたのかもしれない。

令麗の前で、骨を土台に立ち上がったのはこの世のものではなかった。人の心を失った雑霊、浮遊霊、獣の霊、自然の気がこごったもの。そんなものが入り交じり、できあがったのは反吐《へど》を催すような醜い恐ろしいモノだった。

その姿を令麗は見たのか見なかったのか。彼女は赤く濁った目を見開いたまま、まき散らした血の中にどさりと崩れ落ちた。

「こ、これは……」

じりっと璃英の足が後退する。唇が皮肉げな笑みを作った。

「さすがに武芸でなんとかできるものでは……」

「陛下」

落ち着いた声で陽湖が言った。

「甜々を扉の外へ」

「陽湖さま!?」

甜花は仰天した。陽湖が自分たちを逃がそうとしている?

「大丈夫だ、甜々」

陽湖はにこりと笑う。

「私は秋王朝の術に少し通じている。これを元に戻してみよう」

「でも、だって!」

「陛下、頼むぞ。甜々を早く」

「陽湖どの」

「せい、よう……」

「早く！」

叱りつけるような声に、璃英は甜花のからだを抱えた。

「いや！　璃英さま！　陽湖さまがっ、」

あがく甜花の声は扉の外に出た。

「さて」

陽湖は腕をぐるりと回した。

「甜々に嘘はつきたくなかったな……私は術をどうこうできない」

化け物は口らしきものを大きく開けて陽湖に向かってきた。

「霊を消す方法もわからんが、からだができたものなら対処はひとつ」

めきめきと音を立てて陽湖の腕が巨大化する。

化け物が覆いかぶさる。陽湖は腕を振り上げた。

「滅・砕ッ！」

ドカンッと部屋を揺るがすような音がした。廊下にいた璃英と甜花は思わず頭を覆ってしゃがみこむ。
そのあとは――静かになった。

「……して」

甜花はかすれた声で言った。

「え？」

「放して！」

璃英の腕の中で甜花が暴れる。璃英はあわてて甜花を抱きしめていた腕をほどいた。

「陽湖さまァッ！」

部屋に飛び込むと、陽湖が背を向けて立って、令麗が仰向けに倒れていた。二人の間には粉々になった骨が残されていた。

「……陽湖さま」

甜花の呼び声に陽湖が振り向く。白い顔の上にニッと明るい笑みをのせた。

「もう大丈夫だ。化け物を作っていた霊たちは散った」

「陽湖さま！」

甜花は陽湖に飛びつき、わあわあと声をあげて泣いた。

「て、甜々。なにを泣く。私は無事だったではないか」

「だって、今日はお供の方、誰もいないし、陽湖さまおひとりで……うわーあああん、あああーん！」

「甜々、泣くな。……困ったな」

陽湖は助けを求める目で璃英を見た。

「おい、こういうとき慰めるのは男の役目ではないのか」

「いや、皇では役不足のようだ」

璃英は苦笑すると、倒れている令麗のそばに膝をついた。

「……令麗どの」

その低い声にふと令麗が目を開ける。

「子供たちの霊を解放してください」

「あなたなの、せいよう……」

ごぼりと血を吐き出して令麗が囁く。

「おかあさんのところへ……かえってきたのね……」

「……はい」

璃英は優しく、本当の母親に告げるように言った。

「ただいま戻りました」

「おかえりなさい……せいよ……」

血塗れの令麗の顔は――それでも美しく微笑んでいた。

陽湖と甜花、そして璃英は札を貼った壺を持って屋敷の中へ戻った。

帰っていた黄呂に令麗の死を告げると、彼は足から崩れ落ち、床に身を投げ出して号泣した。

そのあと甜花と璃英は庭に出て、月明かりの花の中で壺の蓋を開けた。

「ああ……」

甜花と璃英は壺から白い人影が次々と溢れ出て空に上っていくのを視た。まっすぐに空のかなたを目指すものもいれば、村のほうへ飛んでいくものもいた。

家へ戻っていくのかもしれない。

もう姿を見てもらうことも、抱かれることもないけれど、愛しい家族に会いにいくのだ。家へ帰るのだ。

流れ星のように、白い光が空を走る。六二人の魂。

「璃英さま」

甜花はそっと言った。

「令麗さまに優しい言葉をかけてくださってありがとうございます」

「ああ」

璃英は空を舞う白い影を見送りながら呟いた。

「死んだ人に会いたい気持ちはわかるからな」

「……そうですね」

自分も璃英も大切な人を失っている。会えるものならいつだって会いたい。

令麗の犯したことは罪だが、自分たちは踏みとどまっているだけで、いつでも一線は越えることができるのだ。

チラリ、と頬に冷たいものが当たった。空を見上げると白い魂が降ってきている。

いや、違う、これは――。

「雪です」

甜花は空を見上げながら言った。

雪が降ってきた。今年初めての。

雪は海の中に落ちてゆく。はかなく溶けて雫になる。

「あ、」

璃英が声をあげた。甜花も見た。

波の上に令麗と幼い子供が手をつないでいる姿を。

二人はなにか話しながら、笑い合いながら、歩いていく。

ひらりひらりと舞う花のような雪を軽やかに踏んで。

こちらを一度も振り返ることなく。

「……さようなら」

甜花は囁いた。冷たくなった手をそっと璃英が握ってくれた。布越しでも体温を感じる。

その温かさは雪も溶かしてしまうだろう。

後宮から第九座の館が完成したと使いが来たのは、その二日後だった。皇帝はすでに皇宮に戻っている。

陽湖とその一行は伊南の、そして朱浜の特産物や土産をたっぷりと馬車に詰め込み、出発した。

たくさんの村人が見送ってくれた。馬車を取り巻き、道に並んで。甜花に命を救われたものたちも大勢いる。彼らは口々に礼を言い、名残を惜しみ、手を振った。你亜や紅天と遊んだ子供たちは泣き出している。

「またぜひ来てください」

やつれて人相が変わった村守が、それでも笑顔で手を振った。

「ああ、ぜひとも。村の歓迎は忘れない」

陽湖も笑みを見せた。村守は深々と頭を下げる。

「さあ、後宮へ戻ろう」

馬車が進む。甜花は窓からうねる海を見た。灰色の雪雲を映して波も鈍く重い。

「甜々、風が冷たいよ」

紅天が文句を言うので甜花は窓を閉めた。海が視界から消える。

でも息子を愛した令麗のことは、母親思いの青耀のことは、決して忘れないと甜花は思った。

第三話　甜花、技芸大会を楽しむ

序

後宮に新しく建てられた第九座は、漆の匂いもまだ消えていなかった。

前の館よりも広く美しく、調度品も一級のものが誂えられている。

「蜂の群れから後宮を救ってくださったと、皇帝陛下が指示されたのですよ」

鷺映がわずかに口元をゆるめて言った。

「ほう。美しい館だ。気に入った」

前の館は屋根や柱が朱色に塗られていたが、新しい館には深い青色が使われていた。塗りたての白い壁によく映える。

「陽湖さまの色ですね」

それも陛下が考えてくれたのだろうか?

荒れていた庭もすっかり燃えてしまったので、新しく作り直されている。陽湖が気に入っていた姫楓は、似たような枝振りのものが植え替えられていた。

「これで新しい年も暖かく迎えられる。皇帝陛下にお礼を申しあげねばな」

そう、新しい年。あとわずかで新年となる。

そのため後宮では新年を迎える準備が着々と進んでいた。

柱という柱には赤い縄が巻かれ、軒下にも赤い布が下げられていた。

東西南北四つの入り口から続く広場には、今年の年神を見送り、来年の年神を迎えるための竹と松が飾られていた。

庭の木々も降る雪に枝を折られぬよう、縄や針金で枝を吊る雪吊りが施されている。樹冠から枝へ、地面へと、円錐形に縄を結ぶ技術だ。

新年に向かって後宮全体がそわそわしているなあと甜花は思っていたが、実はそれどころではないことが同時に進行していた。


朝、甜花はあくびしながら水場へ向かった。伊南の別邸では早起きしなくてもよかったので、それを引きずっている。

（いけない、いけない。早く戻さないと）

水場は長い行列ができていた。娘たちはみな肩掛けや襟巻きでからだを包んで白い息を吐いている。

甜花は友人の明鈴を見つけて小走りに駆け寄った。

「おはよう！　小鈴」

「わあ、おはよう、甜々」

「今日はわたしが先に言えたわ」

「あら、あたし、甜々を先に見つけたけど黙ってただけよ」

二人は笑い合った。明鈴は甜花と話すためにわざわざ後ろの方へ並び直してくれた。

「お帰りなさい、甜々。伊南は楽しかった？　どんなところなの？　なにかおもしろいことあった？　話して聞かせてよ」

明鈴は甜花の話を次々と聞いて笑い声をあげた。変わりない親友の態度に、（ああ、戻ってきたのだなあ）と甜花は肩の力を抜く。

「伊南はとてもいいところだったよ。おいしいものがたくさんあって。今日だけじゃ話しきれないわ。少しずつ話すね。お土産もあるの！」

「楽しみだわ！」

「おはよう、明鈴、甜花……」

小さな声が聞こえた。振り向くと彩雲《サイウン》だった。彩雲と明鈴は後宮に入る前からの知り合いで、甜花は彼女にかけられた呪いを解く手伝いをしたことがある。それ以来、ときどき三人で食事をしたりする仲だ。

「おはよう、彩雲。久しぶり……」

彩雲のそばに見知らぬ女性がいた。年はいっているが整った顔立ちをした人だった。腰に黄色い布を巻いていないので、召使以上の身分のものだとわかる。

「ええっと甜花、こちらは三后の迅花《ジンファ》さまの侍女さまで……」

彩雲が紹介を終えるより早く、侍女がすいっと前に出てきた。

「志満《シマ》と言います。甜花さん、会えて嬉しいわ。よろしくね」

「え、ええ……」

志満は甜花の手をぎゅっと握った。突然のことに驚いていると、別の女性がいきなり横から突進してきて志満を押しのけた。

「ちょっと、なに抜け駆けしてるのよ」

「痛い、なにをするんですか！」

志満が尖った声をあげたがその女はまったく聞こえない素振りで甜花に話しかけた。

「こんにちは甜花ちゃん。第九座の陽湖さまにお仕えしてるのよね？　私は四后美《ビ》淑《シュク》さまの侍女の緑羽《ロクウ》よ、よろしく！」

「は、はい」

緑羽は志満から甜花の手をもぎとり、こちらも強引に握手をした。目鼻立ちがはっきりとした愛嬌のある顔をしていた。志満よりずっと若く肉感的な美女だ。

「緑羽さん、私が今、甜花さんと話しているのですよ。わきまえてください」

「なによ、いいじゃない、志満さん。私は甜花ちゃんとお友達になりたいんだから」

緑羽は甜花の腕を摑むと、自分のそばに引き寄せた。

「手続きを踏みなさいと教えてますのよ。あなたみたいなガサツで強引な人では甜花さんが怖がってしまいます」

志満も甜花のもう片方の腕を抱える。

「誰がガサツで強引だって？　三后さまのお館にいると悪口ばかり達者になるみたいね」

「四后さまのお館にいる使用人は体力だけで選ばれたのかしら。甜花さん、四后さまのお館に近づくとこんな礼儀知らずになってしまいますよ？　三后さまのお館で今度詩歌の勉強会がありますのよ、ぜひ遊びにきてください」

「甜花ちゃん！　四后さまのお館ではお菓子が食べ放題よ。遊びにおいで！」

「あ、あの、あの」

二人の侍女から同時に言われて甜花はどうしていいかわからず、救いを求める目で明鈴を見た。

「あの、志満さま、緑羽さま。甜花もあたしもまだ顔も洗っていないんです。お話はそのあとでもよろしいですか？　それにお二人にひっぱられて甜花がつらそうです」

明鈴は急いで二人の間に割って入った。志満と緑羽は顔を見合わせ、あわてて甜花から自分たちの腕を離した。

「じゃあ甜花ちゃん、顔を洗ったら――」

「お話ししましょうね」

二人は甜花ににこやかに言い、互いの顔を見ては「ふんっ」とそっぽを向く。

彩雲は「ごめんなさいね……」と申し訳なさそうに言って、志満のあとについていった。

甜花は明鈴と水場の列に戻り、彼女に身を寄せて尋ねた。

「どうなってるの……？」

「甜々がいない間に面倒なことになってるの」

明鈴はひそひそと答えた。

「三后さまと四后さま。もともとソリが合わなかったんだけど、今、お館の間ですっごいがみ合ってるの。もともとは使用人同士の喧嘩だったのが、上にまで発展したっていうか……それで後宮全体巻き込んで三后派と四后派に分かれちゃって」

「三后派と四后派？」

「そう。今の後宮はそのふたつに分かれてるの。お后さまたちはお互い自分の味方を作ろうとがんばってるのよ」

明鈴はちらっと辺りを見回し、早口で続けた。

「特に第九座の――」

「陽湖さま？」

「陽湖さま、美人でかっこよくて神秘的でしょ。親しくなりたいってみんな思ってるわよ。それで陽湖さまが自分のお館についてくれたら、優勢になるじゃない」

「なにそれ！」

甜花は思わず大声をあげた。

「陽湖さまをそんなくだらないことに巻き込んで――」

「しーっ、しーっ！　甜々！」

明鈴はあわてて甜花の口をふさいだ。

「下働きも二派に分かれているのよ。っていうかむりやり引き入れられているの。彩雲も三后派に組み込まれちゃったみたい。あの子おとなしいから断れないのよね」

「どうすればいいの……」

「とにかく捕まらなきゃいいのよ。顔を洗ったら……」

順番が来て甜花と明鈴は水場に着いた。歯を磨き、うがいをして顔を洗って、

「逃げるわよ！」

明鈴が叫ぶと同時に二人はその場から走り出した。

「あっ、甜花さん！」

「待って、甜花ちゃん！」

後ろから志満と緑羽の声が聞こえてきたが、甜花は振り向かなかった。

一

「なるほど、それでこの有様か」

甜花から話を聞いた陽湖は鼻先で笑った。新調された長椅子の前に、贈り物が山と積まれている。

「これは……」

「三后さまと四后さまから帰館祝いと火事見舞いのお品にゃあ」

你亜が箱のひとつを開けると見事な彫り物の小物入れが出てきた。蓋を開けるとかわいらしい鳥が現れ「チチチ……」とさえずった。

「にゃあ！　かわいいにゃっ！」

「こっちは文箱だよ」

紅天が開けた箱には、黒漆に螺鈿細工をほどこした美しい文箱。

「硯箱《すずりばこ》ですわ」

白糸は別の箱を開けた。炭のいい香りがする硯が白木の箱に入っている。

「箱ばかりだな。箱屋でも始めろと？」

「大きなものはかさばりますし、小さくて美しくて趣味のよいもの、ということで選ばれたのでしょう」

銀流が開けたものは香箱だった。

扉がほとほとと叩かれた。甜花が出てみると二人の女が立っている。今朝、甜花を取り合った志満と緑羽だった。二人ともお互いの顔を見ようとしない。

「三后迅花さまからお文でございます」

「四后美淑さまからお文でございます」

二人の女は相手が甜花だというのに同時に気取った声で言って、バチバチと火花を散らす。

「今日の午後、ぜひ三后さまのお館のお茶会に」

「今日の午後、ぜひ四后さまのお館のお茶会に」

練習してきたのか、と思うほどそっくりな調子で言う。

「受け取ってくださいませ」

「受け取ってちょうだい、甜花ちゃん」

二人は同時に文を甜花に押し付けた。

「え、ちょ、ちょっと待って……」

これはどちらかを先に取るとまずいのではないか？　その瞬間、陽湖さまが派閥に巻き込まれてしまうのでは。

甜花は胸に上げた手を握り込んだ。

(ど、どうしよう)

「さあ」「さあ」「さあ」「さあ」

志満と緑羽はぐいぐい文を押し付けてくる。うわああと思っていると、甜花の背後から顔を出した紅天と白糸が、さっと左右から文を奪った。

「お使いご苦労様」

「お文、受け取りましたわ」

紅天たちは文をひらひらと振ってみせた。

「でも残念ながら陽湖さまは旅のお疲れで今日は出かけることができないんだ」

「そうなのですわ。お后さまにその旨よろしくお伝えくださいましな」

そう言うと二人は甜花を引きずって館の中へ戻った。

「助かりましたー」

扉のこちら側で甜花はへたりこんだ。二人の侍女の圧が強くて、対応しただけで体力を削り取られるようだった。

「まったくおかしな話だねえ」

「くだらないことにつきあうことありませんのよ、甜花」

紅天と白糸は文を陽湖に渡したが、主人はそれを開けもせず、文箱に置いた。

「どうせなら屑箱を送ってもらいたかったな」

陽湖は笑いながらそう言った。

第九座の住人たちに昼食を用意し、そのあと自分のために食堂へ行くと、彩雲と会った。彩雲はこっちこっちと小さく手を振る。

甜花が薄焼き卵を載せた炒め飯の皿を持って彩雲についていくと、そこには明鈴もいて、胸の前で両手を振っていた。

「朝はごめんなさいね」

彩雲は甜花に頭を下げた。甜花は皿を卓に置くと、明鈴の隣に腰を下ろした。

「いいのよ。小鈴も言ってたわ、彩雲、きっと断れなかったんだろうって」

ね、と明鈴を見ると彼女もうなずいた。

「そうなの。わたし最近三后さまのお館回りの仕事が多くて……志満さんはいろいろ教えてくれる優しい方なの。わたしのこと気に入ってくださって、三后さまのお館付きの下働きにならないかって誘われているの」

二人の正面に座った彩雲は身を小さくする。

「わあ！　いいなあ！」

明鈴は感嘆の声をあげた。

「お館付きなんて出世じゃない！」

「でもまだ、ほんとにそうなるかわからないのよ？」

彩雲はあわてて言った。

「お館付きになると館からお手当も出るし、あちこちで使い回されなくなるから楽よね、いいなあ」

明鈴は羨ましげに言った。

「ええ、そうなったらわたし、お金を貯めて亡くなった義父のおかあさん……おばあちゃんを親戚から引き取りたいの。今、故郷を離れてつらいみたいだから」

彩雲は悲しげに微笑む。彩雲は実の母や祖母を呪いのせいで亡くし、その後彼女を引き取ってくれた家族も亡くしている。呪いは解けてようやく人並みの幸福を手に入れようとしているのだ。甜花は彩雲の心境を思って同情した。

「彩雲は優しいのね！」

明鈴は感激した様子だった。「羨ましい」と言い、「優しい」と言い、思ったことをすぐに素直に表すのが明鈴の長所でもあり短所でもある。

「ところで三后さまと四后さまってそんなに仲がお悪いの？」

甜花は後宮の話に戻した。

「ええ。もともとウマが合わなかったんでしょうね」

彩雲の昼食は麺で、とろみのかかった野菜とエビが載っている。

「確か三后さまは皇家の流れを汲む大貴族さまで、四后さまは都の大商人の家の出だったのよね」

明鈴は焼包《パン》を両手でちぎった。おかずの皿には鶏肉を揚げたものが山盛り載っている。

「ええ。身分は違うんだけど、……以前、四后さまの商家が三后さまのご実家が治める領地の一部を、借財として手に入れたことがあるらしいの」

「誇り高い三后さまはそれが許せない……ってことね?」

明鈴の言葉に彩雲はうなずいた。

「四后さまは四后さまでそんな三后さまを誇りだけで食べていけるなら天人にでもなればいいって立腹されていて」

ぷ、と甜花は口に入れた炒め飯を噴きそうになった。彩雲も困った顔で笑っている。

「あたしは四后さまのお気持ちがわかるわあ。うちも商家だもの。お客には貴族さまもいらっしゃるけど、やっぱりどこか商人を見下しているのよね」

明鈴はサクサクと音を立てながら揚げた鳥を食べている。

「三后さまは見下すというか、そういうんじゃないと思うの。四后さまがなにかという領地買収の話を持ち出すから気に障るのよ……」

彩雲が箸で麺をかきまぜながら弁解するような口調で言った。

「持ち出さずにはいられないような意地悪をおっしゃるんじゃないの？」

「四后さまが……挑発されるのよ」

「どうかしら」

「ちょっと、小鈴、彩雲」

甜花は二人の肩を摑んだ。

「あなたたちまで言い争ってどうするの。これじゃ三后さまや四后さまたちの狙い通りになっちゃうよ」

「あ、」

「あら」

明鈴と彩雲は互いの顔を見つめ、決まり悪そうにした。

「ご、ごめんなさい、明鈴」

「こっちこそ、ごめん」

二人が頭を下げ合ったので甜花はほっとした。

「なんかそんな感じで……後宮内が落ち着かないのよね」

明鈴がため息をもらす。

「陽湖さまは……やっぱり中立？」

彩雲が小首をかしげる。甜花は炒め飯を卵で巻いて、ぱくりと口に入れた。

「うん。お二人からの贈り物の山を見て、それを片づける屑箱がほしいっておっしゃってるわ」

「やだ、陽湖さまってば」

「そういうご気性、かえってすてきよね」

三人は笑い合った。


「……どういうことかな」

陽湖は渋い顔をして目の前に並ぶ贈り物を見る。

「増えてしまったぞ？」

昼食から戻ってきた甜花はその贈り物を見て血の気が引く思いだった。

「これは象牙を彫りぬいた屑箱、こっちは堆朱《ついしゆ》の屑箱、大理石の屑箱に……なにかの屑箱」

並ぶ屑箱を見て紅天が呆れた声を出す。

「屑箱ばかりだよ」

「こ、これ、三后さまと四后さまからですか？」

甜花は震える指で並んでいる屑箱を指した。

「それが四后全員からなのじゃ」

銀流も困っているようだった。

「部屋数より屑箱のほうが多いにゃあ」

「す、すみません！」

甜花は陽湖に頭を下げた。

「たぶん、わたしのせいです。食堂で明鈴や彩雲に言ってしまったんです。冗談のつもりだったんですけど」

「それをこっそり聞いていて后さま方にご注進したものがいるのだろうな」

陽湖は行儀悪く足でゴツゴツと屑箱をつついた。

ほんの少し前のことだったのに、あっという間にこれだけのものを揃える后方が恐ろしい。

「とにかく私はどちらにつく気もないぞ。こんなバカげた意地の張り合いは早く終わってもらわないとな」

「……あれ？」

不意に紅天が頭を巡らし、窓に張り付く。

「ねえ、なにか音楽が聞こえるよ?」

窓を開けてみると確かに楽器を演奏している音が聞こえる。

「ほんとだ。なんでしょう」

「甜々、行ってみようよ」

紅天は子供のような顔で言った。甜花が陽湖を窺うと「いいぞ、私も行こう」と珍しく応える。

「この機に陽湖さまがお出ましになると、また騒がれるのではありませんか?」

銀流が心配げに言った。確かに陽湖は目立つ。後宮には陽湖のような白銀の髪をしたものはそういないからだ。

「ではこれでどうだ?」

陽湖は長椅子にかけていた色鮮やかな布を頭からかぶった。

「別の意味で目立つ気はしますが、まあ誰とはわからないのでいいでしょう」

そんなわけで紅天と甜花、それに陽湖は音楽が聞こえるほうへ向かった。

それは南の広場の方だった。以前褒《ほう》賞宴《しょうえん》が行われた広い広場に大勢の人がいて、それぞれが楽器を演奏したり、舞を舞ったりしている。

長い布を両手に持ち、それを操って輪にしたり波にしたりしているものもいれば、何人かで組んでとんぼを切ったり飛び跳ねたりしているものもいる。

大勢で合唱している組もいた。紅天は「わあ！」とはしゃいでそちらのほうへ駆け出していく。

「なんでしょう？」

「聞いておいで」

陽湖は頭からかぶった布をしっかりと顎の下で押さえている。特徴のある髪は完全に隠れているので第九座の佳人がこの場にいることはばれていないようだ。

甜花は舞を見ている人たちのほうへ向かった。

「こんにちは。あの、みなさんなにをされているんですか？」

盛んに手を叩いている召使らしい女に、甜花は聞いてみた。

「あら、知らないの？　技芸大会の練習よ」

「？」

女は甜花を頭からつま先までじろじろ見ると、

「あんた、今年入った黄仕《こうし》ね。年末に後宮の女たちで、腕に覚えのあるものが芸を披露するのよ。陛下の御前《ごぜん》で」

「陛下の御前で!?」

「そうよ。しかもその日は陛下の他にも皇宮の男性たちが大勢いらっしゃるの！　この技芸大会で殿方に見初められる女も多いのよ」

女は自分のことのように自慢げに言った。

「へえ！　知りませんでした」

「今まではみんな館や部屋の中で練習してたからね。でも技芸大会までもう少し。ようやく今日、南の広場が解禁になったの。ここで披露するからみんな予行演習に余念がないのよ」

甜花はその情報を持って陽湖のもとへ飛んで帰った。陽湖はそれを聞き、興味深げな表情を浮かべる。

そこに美しい歌声が聞こえてきた。聞き覚えのあるその声は紅天だ。合唱をしている組と一緒に歌っている。

「わあ、紅天さん、すてき！」

甜花はぱちぱちと拍手をした。

「甜々、その技芸大会には誰でも参加できるのか？」

「あ、はい。腕に覚えがあれば、とおっしゃってました」

「ふむ」

陽湖はバサリと髪を覆っていた布を落とした。白銀の髪が舞い上がり、雪原のきらめきが広がる。

「陽湖さまよ！」

「第九座の夫人《おくさま》だわ」

広場に集まっていた女たちがどよめく。

陽湖は紅天のそばに寄ると、彼女が歌っていた歌を一緒に歌った。

鈴のような紅天の声と、陽湖の少し低い湿った声が合わさり、美しい旋律になる。

わっと女たちが集まってきた。

「みなも歌え」

陽湖は女たちを見回し、さらに声量をあげた。女たちは喜んで一緒に歌う。

南の広場が楽しい歌声に満たされた。

「陽湖さま……」

目立つのが嫌いな陽湖がこれはどうしたことだろう。

甜花は次々と歌を歌う陽湖を不思議な気持ちで見つめた。なにか考えがあるのだろうか。

しかし、陽湖の歌声を聞いているうちにそんなことはどうでもよくなってきた。

陽湖が甜花を見て手招く。甜花はすぐそばに飛んでいって一緒に声を重ねた。

(楽しい!)

大きな声で歌を歌うってなんて楽しいんだろう!

そのとき、波が割れるように、女たちの集団がふたつに分かれた。

そこには着飾った二人の后がいた。三后迅花と四后美淑だ。互いに侍女や召使を引き連れている。その中には志満と緑羽もいた。

正面から見つめ……いや、睨み合う二人の后に、歌声はぴたりと止んだ。

「これはこれは、三后さま、四后さま」

陽湖は大げさな身振りで頭を下げた。

「第九座の陽湖妃……今日はお疲れでお休みのはずだったのでは？」

澄んだ水音のような声を三后が発した。

「はい、休んでいたのですがこちらの楽曲の音に誘われてしまいました」

陽湖は頭を下げながら応えた。

「わたしの誘いを断っておいてこんなところで遊んでいらっしゃるとは、ひどい人ねえ、陽湖さま」

四后は笑いながら言ったが目は鋭いままだ。

三后も四后も、陽湖がここにいると聞いて急いで着替えてやってきたのだろう。短い時間だったろうに、二人ともぴしりと身を整え美しく装っている。二人の抱える化粧師《けわいし》は魔法使いなのかもしれない。

（どうしよう……お二人とも陽湖さまを味方に引き入れたいとお考えのはず。まさか

ここで争奪戦が始まっちゃうんじゃないでしょうね）

甜花はハラハラと主人を見守った。陽湖のそばに三后と四后が測ったように同じ速度で近づいてくる。

「陽湖妃、ぜひわたくしのお茶会に」

「陽湖さま、わたしの茶会に来てくれなきゃいやよ」

手を伸ばせば触れるほど近くに来て、二人が言った。その声はほとんど同時。仲良しか！　とつっこみたくなる。

「おそれいります。我が身はひとつ、お二人の館に同時に参ることはできかねますゆえ」

「だったら選びなさい、わたくしか」

「わたしのところか」

陽湖は二人の顔を交互に見た。

「はて、ひょっとしてお二人は仲良しなのか」

いや、陽湖さま、それは思っても言っちゃいけない。甜花は心の中で手のひらを返した。

「なにをおっしゃっているの、誰がこんな」

「こんな、なにかしら」

ああ、ほら、種火が燃え上がる。甜花だけでなく周りの女たちもそわそわし始めた。

「いや、ほら、衣もお揃いだなと思って」

確かに三后と四后の衣は、襟元に毛皮をあしらって胸元から幾重もの折りひだを重ねたもので、よく似ている。昨今の流行りらしいのでかぶってしまっただけだろう。

しかしそれは絶対禁句……。

ピキピキッと音がする勢いで二人の表情が変わった。侍女たちもそれを見て身を引き始める。

「そちらが真似をしたんでしょう！」

「あなたの趣味とかぶるならいっそ脱いでしまうわよ！」

――大炎上だ。

「ま、ま、ま」

そこに絶妙な呼吸で陽湖が割って入った。

「聞くところによると、お二人の間になにか行き違いがあって館の下のものの仲が悪いとか」

悪いのは上でしょう、と甜花は思う。いけない、心のつっこみが止まらない。

「館を治めていらっしゃるお二人にしても頭の痛い問題なのでは？」

にこやかな陽湖に二人の后は押し黙った。ここで互いを責めてしまうと後宮后としての体面に関わると思ったのだろう。

「それでいかがだろうか？　今度の技芸大会で決着をつけられては。優秀者には陛下からご褒美がいただけるのだろう？　そのご褒美をいただいた館のものが優れているということで、いがみ合いはそこでおしまい。新年からは新たな気持ちで向き合うということにしては」

ざわざわと女たちにさざ波が立つ。おそらくふたつの館以外の女たちも、この争いに巻き込まれうんざりしていたのだろう。決着がつくならつけてほしいという感じだ。

「――ちょっと待ってください、そんなことをこの場で急には」

三后がつんのめるような勢いで言った。

「おや？　迅花后どののお館にはすぐれた芸達者がいないのか？」

陽湖は大げさに驚いてみせる。

「美淑后どのは自信たっぷりのようだが」

四后に目配せすると、彼女はあわてて首を縦に振った。

「も、もちろんわたしのところのものはみな優れた技芸者よ！　なにせホコリじゃなくちゃんとお肉を食べてますからね！」

その一言がカチンときたらしい、三后は柳眉を逆立てる勢いで言った。

「ええ、けっこうですわ！　わたくしの館は誰の挑戦でも受けますわ」

それじゃあ町中の格闘技大会の選手の言葉だ。

「それでは技芸大会を楽しみにいたしましょう。もちろん、三后さま、四后さまの館以外の館、そして館に所属しないみなもその対象だ。陛下に褒美をいただけるよう励むがよい！」

陽湖は集まっていた女たちをぐるりと見回した。歓声があがる。

（陽湖さまってば人を乗せるのがお上手）

甜花は感心していた。これで二人の后は水面下で陽湖を味方につけるという画策はせずに、技芸大会に向けて技を磨く（いや、館のものに技を磨かせる、か）方向にいくだろう。

それは技芸大会がさらに盛り上がることになる。

「あれ？　館全員参加？　ということはうちの館も？」

呟いていると陽湖に肩を抱かれた。

「もちろんうちの館もだ。どうだ、甜々。その目を使ってなにか一芸しないか？」

「う、うそですよね!?」

「私は嘘と尻餅はついたことがない」

「うそ――――っ!!」

二

あわただしく日々は過ぎ、あっという間に技芸大会当日を迎えた。

この日は南の門が大きく開かれ、大勢の人間が入ってきた。

まずは皇帝、璃英。それから皇宮の官長たち、選ばれた文官、兵、そして招待された各領の領守たちと皇族方たち。

璃英皇帝が南の広場に作られた特賓席につき、技芸大会の開催挨拶をした。以前の褒賞宴のように高い場所ではなく、二階建て程度の場所で顔や声もよく聞こえる。

そのやや下のほうに皇族方が座る桟敷があり、そこから階段状に観客の桟敷が広がっていた。

今回後宮に招かれた皇族は、先の皇帝の姉、景永大后《ケイエイたいごう》の夫で都斉安の都守、義勝《ギショウ》。そして先の皇帝の弟、泉《ケイ》皇家の嫡男であり璃英の従兄弟宣修《センシュウ》。そして璃英の母方、凋《チョウ》家の文琉翁《ブンルおう》とその息子で副都阪杏《ハンキョウ》の都守文廉《ブンレン》の四人となる。

たった四人といってもそれぞれが警護の兵や使用人を連れてきているので全体の数は多い。

後宮の使用人たちは男たちの間を駆け回って飲み物や食べ物を出したり、細かな用事を言いつけられたりと大忙しだった。

客たちは南の広場と一部の庭を歩くことを許可されていたので、物珍しげに後宮の中を見て歩き、娘たちに会うと愛想良く挨拶を交わした。

ここで将来の相手が見つかることもあるというので、娘たちも男たちも一瞬の邂逅、目と目の見交わしも真剣なものだ。

第九座では技芸大会に出る紅天の準備に大わらわだった。銀流が用意した大会用の衣装を紅天が気に入らず、白糸が直しているためだ。

甜花の目を芸にすると陽湖が言ったのは冗談だったらしい。

「こんなにすそをひきずってたら動きづらいし歌いづらいよ」

紅天は長下衣をたくし上げてわめいた。

「おまえは背が低く目立たないのだから、衣装くらい目立つもののほうがよいのじゃ」

「いやだよ！　紅天は歌で勝負するんだから衣装なんかなくていいんだ、どうしても着せるなら裸で出るからね！」

そんなわけで白糸がせっせとすそ上げをしている。

「上に比べて下が重すぎる気がしますわ。上着に飾る花なんかあるといいんですけれど」

仕上がった衣を見ながら白糸がぼやく。

「じゃあ、わたしが園丁官に頼んでなにか大きめの花をもらってきます」

「そうね。赤系の花弁が大きな花がいいですわ。……お願いね」

白糸がとってつけたように言うお願いがおかしい。最近白糸は甜花にもよく話しかけてくれるので嬉しかった。

園丁官のところに行くと、ここも大騒ぎだ。男性もいたので驚いた。どうやら花束を作ってもらっているらしい。その花束を見初めた娘に捧げるのだろうか。

花弁の大きな赤い花、という注文で甜花は二種類の花をもらった。ひとつは百合に似ているが花びらが波打っていて赤と黄の色が混じっているもの、もうひとつは蝶の翅のようなひらひらとした大きな花弁の花だった。

（どっちがいいかしら）

両方の花をくるくると回しながら歩いていると、「甜々！」と声をかけられた。顔を上げると庭の向こうから明鈴が走ってくる。

「わあ、小鈴！　今日は会えないかと思ってた」

「あたしも！　もう今日はむちゃくちゃ忙しくて、座ってるヒマもないのよ！」

明鈴の吐く息は白いのに額には汗をかいている。

「朝から外のお客様の接待で大変！　男の人ってあんなにわがままだったかしら！」

館付きと違って一般の下働きは命じられたら誰の仕事でもしなければならない。甜花は陽湖の館で甘やかされている自分を思って申し訳なくなった。

「あんまり無理しないでね？」

「さっき、下働きが一人倒れちゃったのよ。でも館吏官たちはただ寝かせとけって。上の人たちってあたしたち下働きのこと、使い捨ての駒だと思ってるのよ、きっと！」

明鈴はかなり怒っていた。しかし、甜花のすまなさそうな顔を見て、毒を吐いた自分を省みたのか、「まあ、でも、出会いのきっかけと思ってがんばるわ！」と笑った。

明鈴と別れて甜花は第九座へ急いだ。自分も明鈴のようにがんばって働こうと決意を新たにしたのだ。

そんなとき、庭の向こうから数人の男性が歩いてくるのに出会った。いずれもいい身なりをしていて兵とも文官とも見えない。

甜花は両手に花を持った格好で頭を下げた。

「……あれ」

すれ違った男性が呟いた。

「甜々……ちゃん？」

「え？」

陛下以外でわたしのことを甜々と呼ぶ男性なんて……。

甜花は顔を上げた。男性連の中の若い青年がびっくりした顔で甜花を見ている。

「あ、真集《マシュウ》……おにい、さん……？」

「やっぱり甜々ちゃんだ！　なにしてるの、こんなところで！」

「お兄さんこそ！」

　第九座に花を届けたあと、知り合いが後宮に来ていたので、と陽湖に時間をもらった。庭に戻ると真集が手を振ってくれる。

「士暮先生が亡くなられたのは甜々ちゃんから教えてもらったけど、まさか後宮にいるなんて思わなかったよ」

　甜花と真集は池にかかるアーチ状の橋の上に並んで腰を下ろした。

「もしかして生活が苦しかったの？　僕でよければ少しは援助できるよ？」

「そうじゃないの。おじいちゃんの蔵書をバラバラにしないために、図書宮の書仕になろうと思って」

「ああ、そうか。後宮には大図書宮があるっていうよね」

「うん。でもおにい……真集さんがもう呉伴《ゴハン》領の領守になってるなんて――あの、お父様は？」

「三年前に隠居したんだ。大丈夫、死んでないよ。でも病気がちなんでね、公務を続けるのが難しくなったんだ」

「ああ」

甜花はほっと息を吐いた。

「今はのんびり釣りざんまいだよ」

「よかったわ。みなさんお元気そうで」

甜花は弾んだ声で話した。昔を知っているものと話すのは楽しい。

真集は甜花が祖父と旅をしていたとき世話になった領守の息子だ。士暮の名声を聞いていた領守は、一月だけ息子の教師としてとどまってほしいと懇願し、甜花も一緒に屋敷にとどまることになった。

当時一七歳だった真集は一〇も下の甜花を妹のようにかわいがってくれた。

「おにい……真集さんは、いえもう領守の真集さまね。いつまで斉安に？」

「昔のようにお兄さんでいいよ。僕は甜々ちゃんからそう呼ばれるのが好きだったからね」


穏やかに語らう二人を見つめている目があった。茂みに隠れて様子をうかがっているのは陽湖と銀流だ。

「なんだ、あやつは。甜々ちゃんなどと馴れ馴れしい……！」

陽湖はぎりぎりと歯を鳴らす。心なしか犬歯が少し大きくなっている。

「昔なじみのようですね」

「風向きが逆でよく聞こえない。銀流、風下に回って話を聞いてきてくれ」

「いやですよ、面倒くさい」

「おまえ！　甜々が心配ではないのか。嫁入り前によけいな虫がついたらどうするのだ」

「そんな虫なら退治したいね」

第三の声が聞こえ、陽湖はぎょっとして振り向いた。そこには警護の兵士が一人立っている。

「私に気配を感じさせなかっただと？」

陽湖は身構えた。しかし兵士は気安い様子で近づき、兜につけていた面当てを引き下げる。

「おぬし……」

陽湖はあっけにとられた顔をした。

「陛下か」

「陽湖どのがそんな隙だらけの顔をされるとは」

璃英はくすくす笑うと陽湖のそばにしゃがみこんだ。

「第九座へ向かったら陽湖どのは甜々を追って庭へ行かれたと聞いたのでな」

「その格好はなんだ、陛下」

「今は警備の兵だ。璃久《リク》とでも呼んでくれ」

璃英は自分の革鎧を軽く叩いてうそぶいた。

「璃英陛下は南の広場の特賓席に着座されたと聞いたぞ」

「それは皇の影だ。なに、開会の挨拶さえすませればあそこに誰が座っていたって同じことだ。褒美の前には戻る——それよりあれは誰だ」

璃英に言われて陽湖は視線を戻した。甜花と青年がより一層親しげに身を寄せ合っている。

「わからん。きれぎれにお兄さんという声が聞こえてくるが」

「お兄さんだと!? 甜々にそう呼ばれてよいのは皇の兄だけだぞ!」

「私に怒るな」

陽湖は面倒くさそうに手を振った。

二人が見ているうちに甜花が顔を覆って泣き出した。それを真集が肩を抱き寄せて慰めているようだ。

「なんだあれは」

同時に呻いた二人に銀流が呆れた声を出す。

「こんなところで隠れてないでじかにお尋ねになればよいでしょう」

「いや」

あとをつけたなどと甜花に言いたくない陽湖は曖昧な笑みを浮かべ、

「それは」

と、同じような理由で璃英も首を振った。

「ほらほら、甜々たちが移動しましたよ」


真集と話していて祖父のことを思い出した甜花は思わず泣いてしまった。真集は昔と同じように優しく慰めてくれる。

「ごめんなさい、お兄さん。つい」

「いいんだよ、僕も士暮先生の訃報を受け取ったとき泣いてしまったからね」

甜花と真集は葉の舞い散る庭の中を歩いた。時折遠くからわあっと歓声が聞こえる。

「あ、真集お兄さん、技芸大会をごらんにならないの？」

「一日中続くんだろう？　少しくらい見ていなくても大丈夫だよ。甜々ちゃんと久しぶりに話せるほうが楽しいし」

「でも、うちの館からも一人大会に出るんですよ。とても素晴らしい歌い手なのでぜひ聞いてほしいな」

「そうかい？　じゃあそろそろ……」

二人は足を止めた。庭の小道に小さな靴がひとつ落ちていたからだ。

「靴？」

甜々は膝をついてその靴を拾い上げた。柔らかな山羊《やぎ》革でできた靴で、下働きがよく履いているものだ。甜花はその靴を見た記憶があった。

「なんで片方だけ……」

もうひとつないかと甜花は辺りを見回した。地面は歩く部分だけ白い小石が敷かれているが、なにか重いモノをひきずったように乱れている。その跡を辿って茂みをかきわけてみると……。

「きゃああっ！」

甜花は悲鳴をあげた。

そこに一人の少女が丸まった姿で倒れていたのだ。片足に靴はない。

「ど、どうしたの！　大丈夫!?」

甜花と真集は茂みを越えて倒れている少女のそばにしゃがんだ。甜花と同じように黄色の布を腰に巻いている。その顔を見て甜花はもう一度悲鳴をあげた。

「彩雲！」

それは彩雲だった。青ざめた顔をして息をしていないように見える。

「甜々ちゃん、揺すらないで！　この子頭に怪我をしている」

真集がそう言ったので甜花はあわてて彩雲のからだから手を引いた。確かに頭の下に血だまりがある。あまりに驚いていつもの冷静さを欠いてしまった。

「どうしたのだ!?」

陽湖と銀流、それに見知らぬ男性の兵が現れ、甜花は驚いた。

「陽湖さま、どうしてここに！」

「おまえのあとを――い、いや、ちょっとぶらぶらしていただけだ。それよりその娘は？」

「彩雲です。ここに倒れていたんです。頭を打っているようで」

「そうか」

陽湖が銀流を見ると、侍女はうなずいて身を翻した。

「今、警吏のものを連れてくる。動かさないほうがいいんだな」

「はい、あの……」

甜花は真集を見た。若い領守は陽湖の美貌に口を開けて見惚れている。

「あの、真集さま。こちらはわたしの主人で第九座の陽湖妃でございます。陽湖さま、こちらはわたしが子供の頃お世話になった呉伴領の領守さまで真集さまとおっしゃいます」

甜花は急いで二人を紹介した。陽湖の背後にいるのはどなたかの警備の兵だろうか？　兜をかぶり面当てをしているので顔がわからない。

「これは、陽湖妃さま。お初にお目にかかります、呉伴領の真集迅以《ジンイ》と申します」

真集は口元を引き締めて頭を下げた。

「私は第九座の陽湖だ。甜花は私が預かっている娘。ここは後宮なので昔の知り合いでもあまり親しくしてもらっては困る」

「そんな、陽湖さま……！」

甜花が抗議しようとしたとき、何人もの足音が聞こえた。

「怪我人は？」

警吏と医房の介添女が担架を持って走ってきた。

「こちらです」

甜花は担架が通りやすいように茂みを押さえた。

「頭を怪我しています。揺らさないように」

真集の言葉に医房のものは慎重に彩雲のからだを持ち上げ担架に乗せた。

「あれ……」

甜花は彩雲のからだが地面から上げられたとき、その背中の下に赤いものがあるのを見つけた。最初は血かと思ったがそうではない。

「これ……」

手を伸ばそうとしたとき、警吏が声をかけてきた。

「あとで事情を聞きたいが、そちらは第九座の佳人さまと、……技芸大会の招待客の方か？」

「はい、私は呉伴領の領守です」

真集は胸に手を当て、まっすぐに警吏官を見た。さすがに堂々とした態度だ。

「それではそちらの黄仕だけ同行してもらう。――そちらは領守どのの兵ですか？」

警吏は面当てで顔を隠している兵を見て言った。

「いえ――」

「そうだ。領守どのの護衛の兵だ。領守どのを技芸大会の広場まで送らせる」

真集が答える前に陽湖が早口で言った。警吏官は「了解しました」とうなずくと、甜花に目を向けた。

「それでは黄仕、おいで」

「じゃあ、陽湖さま、わたし行ってきます。真集お兄さん、またあとで」

「あ、ああ」

甜花は三人に手を振って担架のあとを追った。

「あの、陽湖さま」

残された三人は気まずい雰囲気の中で顔を見合わせた。真集が小声で陽湖に尋ねる。

「この兵士は？」

「いや、すまん。これは璃久と言ってな。とっさにそなたの兵などと言ってしまった。ちょっと訳ありなのだ」

陽湖は兵の兜をぽんと叩いた。兵は今気づいたように真集に向かって軽く頭を下げる。

「そうですか……。いえ、私は別にかまいません」

「そうか。助かる」

「陽湖さま、もうひとつお尋ねしたいことが」

「なんだ？」

真集の改まった言葉に陽湖はちょっと用心するように身を引いた。

「甜々ちゃん……いえ、甜花さんは後宮で楽しく過ごしてますか？　昔からがんばりやさんでしたが、やはりまだ幼い女の子なので」

　真集は心配そうな顔で言った。その表情は家族を思いやるものの顔だった。

「心配はいらんぞ。私が責任を持って見ておる」

「そうですか……、それならよかった……」

　真集はにっこりした。湖の上を渡る爽やかな風のような笑顔だ。

「甜々ちゃんから陽湖さまのお話ばかり聞きましたよ。とても尊敬しているようです。甜々ちゃんのご主人が陽湖さまでよかった」

　そう言われて陽湖の顔がぱっと明るくなる。真集の手を取ると勢いよく上下に振った。

「そうかそうか。甜々がな。真集どの、技芸大会の会場で甜々を待とう。その間、あの子が昔どんなふうだったか教えてくれ」

「は、はい、喜んで」

　陽湖はニヤニヤしながら兵の胴を軽く肘でつついた。

「私の話ばかりだそうだぞ」

「……」

　面当ての下で息を吐く音がした。くぐもっていたのでそれがどんな意味なのか誰にもわからなかった。

彩雲は医房へと運ばれ、甜花は警吏に警務房へ連れていかれた。

そこには警吏官長と、館吏官長の鷺映が待っていた。

「またおまえか」

鷺映は苦々しげな笑みを浮かべて言った。

「よくよくおまえは物事に巻き込まれるのが好きなようだな」

「すみません」

誰も好きで巻き込まれてはいない、と思いつつ、甜花は持っていた靴を差し出した。

「靴が落ちてて、それで引きずった跡がありました。誰かが彩雲を茂みの中に隠したんです」

「転んで頭を打ったとかではなく、何者かがあの少女を襲ったと?」

鶴のように細い館吏官長と違い、警吏官長は岩のように逞しい、四角いからだをした女だった。その顔も岩を切り出したかのように角ばっていて険しい。

「そう思います。からだも不自然に曲げられてて、あのままなら見つからなかったかもしれません」

鷺映と警吏官長は顔を見合わせる。

「どう思う？」

鷺映が尋ねた。

「時期が悪いですね」

警吏官長はこれ以上ないほど顔をしかめた。

「年に一度、外の人間が入り込むこの日に後宮のものが襲われたなど、醜聞になりかねません。もし襲ったのが男なら、後宮の一大事、陛下に対する不敬にもあたります」

「そうだな」

鷺映はうなずくと甜花に鋭い目を向けた。

「甜花水珂」

「は、はい」

甜花はきゅっと背中を伸ばした。

「このことは他言無用だ。陽湖妃にもそのようにお伝えしろ」

「え……？」

「今日のこの日にこんな不祥事があってはならん。娘のことは我々が対処するゆえ」

鷺映はそう言うとひらひらと手を振った。もう下がれと言っているのだ。

「あ、あの……彩雲を襲った犯人は探していただけるんですよね？」

「娘の意識が戻れば犯人は知れよう」

「でも、出血が多かった……意識が戻らなければ？　助からなければ!?」

「そなたの知ることではなかろう。我々が対処すると言っている」

「まさか醜聞になるからなかったことにはなさいませんよね？」

甜花は必死に食い下がった。下働きの少女の悲劇を不祥事で片づけられてはたまらない。頭の中にさきほどの明鈴の言葉が甦った。

――上の人たちは下働きなんて使い捨ての駒としか思ってないのよ――

「甜花水珂。館吏官長になんという口のききようだ」

警吏官長がくわっと大きな口と目を見開く。

「鷺映さま、お答えください。有耶無耶になんかなさいませんよね？」

甜花は膝をつき、指を組んだ。

「襲われたのが下働きだからですか？　これがお館さまでも同じ判断をなさいますか？」

鷺映は答えず氷のような目で甜花を見下ろしている。

「水珂！　口がすぎるぞ」

警吏が現れて甜花の肩を両側から摑む。

「鷺映さま！　答えてください、鷺映さま！」

甜花は引きずられながらも叫び、その声は警吏官房にむなしく響いた。

「……ひどい」

甜花はとぼとぼと南の広場への道を歩いていた。

結局鷺映はあのあと一言も口をきかず、甜花は警吏官房から叩き出された。

「陽湖さまになんて言えば……陽湖さまに口止めをお願いするなんて、そんなことできないわ」

「甜々……」

低い声で呼び止められ、甜花は驚いて立ち止まった。背後に男の兵士が立っている。

革衣に革の兜、そして面当て。誰だかわからない。

「どなたですか……」

甜花は木を背にして後退した。脳裏には茂みで倒れていた彩雲の姿がある。

「そんなに警戒するな、皇だ」

兵士は兜を取り、面当てを下げた。まぶしいような美貌が現れる。

「陛下……っ」

わずか一歩で、璃英は叫ぼうとした甜花の唇に人差し指を押し当てた。

「大声をあげるな」

「……」

甜花は口を押さえてコクコクとうなずく。

「さっきの娘はどうした？」

「医房へ運ばれましたがどうなったかはわたしにも……」

甜花は面当てをつけたままの璃英と一緒に歩いた。

「鷺映さまはもしかするとこの件を不問に付すかもしれません」

「なぜだ？　後宮の下働きが襲われたのだぞ？」

「今日が技芸大会の日だからです。外部の人が大勢入ってきている日にこんな事件は起こせないって。犯人探しは彩雲が意識を取り戻したらするっておっしゃってましたが、その前に彩雲が死んだら事件自体なかったことにされるかも……」

「館吏官長がそんなことをするはずがない。必ず犯人を挙げて処断するだろう」

「でも……」

甜花は鷺映の冷たい動かない目を思い出した。下働き一人の命などなんとも思っていないような。

「彩雲がかわいそう……ずっと不幸だったのに。ようやく人並みの運命を摑むことができたのに」

彩雲の一族にかかっていた呪い、それをようやく陽湖が解いたのに、その矢先にこんなことになるなんて。

目を潤ませる甜花を見下ろしていた璃英は、不意に彼女の腕を引いた。

「ちょっとつきあえ」

「え？」

強引に走り出す璃英に甜花はあわててついてゆく。足の長さが違うためか、何度も転びそうになった。

「おや」

急に道の途中に男の姿が現れた。技芸大会に招かれたものだろう。顔が少し赤らんでいるのは酒を飲んだせいか。

「兵士と下働き……これこれ、どこへ行く。いくら今日が無礼講と言っても、後宮の女に手をつけるのは厳罰だぞ」

男はにやにやしながら両手を広げて行く手を遮った。

「そういうことではありません。急いでおりますのでお通しください」

璃英が兜の下で言った。丁寧な言い方だったが感情がこもっていない。

「言い訳するな。まあ見逃してやるよ。その代わり、その娘をよこせ。わしが味見をしてやろう」

酔漢の手が甜花に伸びる。甜花は思わず璃英の背後に隠れた。

「やめろ！」

璃英が男の腕を摑み、あっさりと地面に叩きつける。

「き、きさま、なにを……っ」

起き上がろうとした男の肩を踏みつけ再び地面に倒すと璃英は剣を抜いた。

「き、きさま、後宮で剣を！」

「酔っぱらいは眠っていろ」

璃英は剣の柄で男のこめかみを打った。男はぐるんと白目をむくと、そのまま仰向けに倒れた。

「璃英さま……！」

「大丈夫だ、じき目を覚ます」

「そうじゃなくて、また事件を増やしてどうするんですか」

「館吏官長はこれも不問に付すかな」

「不問にしたくないって言ってるのに！」

「こっちは皇がなんとかする。それより来い」

再び手を引かれ走り出す。

やがて着いたのは彩雲が倒れていた場所だ。

「そこの茂みだったな」

璃英と甜花は茂みをかき分け、彼女が隠されていた場所に出た。

「ああ、もうないな」

璃英は地面に膝をついて辺りを探した。

「もしかして、赤いものですか？」

「そうだ。気づいていたか？」

甜花は皇帝が自分と同じものに注意を向けていたことに驚いた。

「警吏が持っていったのかも」

甜花も探した。あちこち見ていくとようやくひとつだけ見つかった。

それは赤い鳥の羽根だ。

「さっきはけっこうごっそり落ちてましたよね？」

「ああ、そうだった。しかし、こんな赤い羽の鳥は見たことがないぞ。着色されているのか？」

甜花は羽根を拾い上げ、裏表とひっくり返した。

「これ見て下さい」

その言葉に璃英は甜花の手元を覗き込んだ。甜花は羽根の中心に走る羽根軸を指さした。

「表側の羽根軸は羽根の色と同じ真っ赤ですが、裏は白です。つまり着色はされておらず、自然にこんな色なんです。祖父の本に書いてありました」

「なるほど」

「那ノ国にはこんな赤い羽の鳥はいません。こんな色の羽を持つのは南国の鳥だけです。彩雲がこんな羽根を持っているとも思えません」

「ではこれが犯人のものだという可能性があるな？」

「はい」

甜花は羽根を小手巾の中に包んだ。

わあわあと南の広場の歓声が風に乗って聞こえてくる。甜花と璃英はその声に耳を傾けた。

「とりあえず技芸大会の会場に行こう。外部のものの仕業なら、会場にいるかもしれん。館吏官が動かないと言っても、犯人を特定して連れていけば動くしかない」

「はい……璃英さまも会場へ？」

「そうだな、いつまでも影に面倒をかけるわけにもいかないだろう。入れ替わる」

「もしかして今までもときどきそんなことを？　あ、朱浜へいらしたときも!?」

甜花の言葉に璃英はにやりとした。

「璃英さまがこんなやんちゃをなさる方だとは思ってませんでした」

「公の皇は兄上の真似だからな。……そちらがよいか？」

覗き込まれてドキリとする。大人びた璃英と今の少年のような璃英……どっちって

そんなの、わたしが決めることじゃない。

「璃英さまは璃英さまです」

「そうか」

璃英は面当てを上げ顔を隠すと、甜花の前から走り去った。

三

南の広場は音楽と歓声に包まれていた。美しい女たちが歌い、踊り、奏で、それぞれの得意の芸を見せているのだから当然だ。

ぐるりと取り囲むように作られた階段状の桟敷からたくさんの男性客がそれを見守っている。

酒や食べ物は延々と供給され、誰もがくつろいでいた。

声援やかけ声はあるが、さすがに皇帝の前ということで下品なヤジは起こらない。各館の女主人とその取り巻きは一番下の桟敷で自分の館の演者に声を送っていた。

華やかな雰囲気の中で、館同士のギスギスした空気も少し緩やかになっているよう

な気がする。

「ただいま戻りました」

甜花は第九座の桟敷に入った。桟敷には漆の器に入れられた弁当や酒が用意されていて、技芸大会に出る紅天以外はそこで飲み食いしていた。

「あ、ようやく来ましたわね」

白糸が言って甜花の座る場所を空けてくれた。

「紅天の出番には間に合ったようだな、甜々」

「はい……」

甜花は陽湖のそばに座った。

今、広場の舞台では三后の館のものが舞っている。演目表を見ると辰紗《シンシャ》という舞の名手で、おそらく三后の一番の推し手だろう。この舞手で皇帝から褒美を狙っているのだ。

辰紗は薄青い衣をまとい、長い領巾《ひれ》を自由自在に操っている。まるで彼女の周りを水が楽しげに漂っているようだった。

このあと四后の館の人間が舞うことになっていた。実質的にこの二人の舞で決着がつくことになるだろう。

「うかない顔だな、甜々」

陽湖は素晴らしい舞を目の前にしても気乗りのしない様子の甜花に言った。

「実は……」

甜花は璃英に語ったのと同じことを陽湖に伝えた。ただし、璃英が兵に扮していたことは黙っている。

「そうか。あの事件は隠されてしまうかもしれんのだな」

「はい。なので陽湖さまにも他言は無用だと」

「なんだそれは。おもしろくないな」

「大人の都合っていうやつにゃー」

寝転がっていた你亜がつまらなそうに言った。

「館吏官長どののおっしゃることもわかるな」

銀流が茹でた卵をぺろりと一口で飲み込む。

「わたし、悔しくて……。それでこれ」

甜花は陽湖に小手巾の中を見せた。

「羽根か」

「はい。倒れていた彩雲のからだの下にあったんです。ほんとはもっとあったんですけど、警吏が持っていったかと」

「この羽根が少女を襲ったものと関係があると？」

陽湖は一枚の羽根を指にはさみ、くるくると回した。

「美しい羽根ですから身に着けているものや飾りかもしれません」

「でもそれだけの手がかりでこの広場の中から犯人を捜すのは難しいにゃあ。それにここにいないかもしれないのにゃ」

你亜は目を擦った。

「白糸は目がいいんだからちょっと捜してみにゃよ」

そう言われて白糸が頭を巡らす。

「――それと同じ色の羽根飾りは……ちょっとわかりませんわね」

「そうですよね……」

いくら白糸は目がいいといっても、と甜花は小手巾を畳んだ。

「甜々、白糸の目のよさを侮ってはならん。この娘の目は一〇州（一州は一メートル）先の蜘蛛の巣にかかった虫さえ見分けられるのじゃ」

銀流が言ったが甜花の胸には響かなかった。

「結局わたしはなにもできないんです」

「そうくさるな。館吏官は後宮の秩序を守るもの。なにか考えているさ」

「そうでしょうか」

わっと違う声音の歓声があがった。辰紗の出番が終わり、四后の館の舞手が舞い始めたのだ。

　水の舞の辰紗とは対照的な炎のような舞だった。衣装も真っ赤なひだのある長衣を翻し、大きな赤い舞扇を何枚も持っている。

　赤い舞扇――。

「陽湖さま、あれ！」

　甜花は四后の館の舞手を指さした。

「赤い羽根飾りの舞扇！　あれって」

「同じ色ですわ」

　白糸がきっぱりと言って甜花を見る。

「蜘蛛の八つの目にかけて断言しますわ」

　炎の舞手は燈李《トウキ》と言った。たおやかな辰紗とは逆に肉感的な肢体でその踊りも激しい。確かにこの二人の舞い比べは見応えがある。

「だが、……舞扇の羽根が同じ色だからといっても決め手に欠けるだろう」

「でもっ！」

　甜花はぐっと身を乗り出し目を細める。

　なにかないか？　なにか、あの人が犯人であるべき証拠がないか？

「あ、……」

甜花の顔から血の気が引いた。

「そんな――」

「どうしたの、甜花」

白糸はガクリと肩を落とす甜花の背に手を当てた。

「彩雲が……」

「彩雲？」

「彩雲の鬼霊が……あの舞手の背後に」

甜花の目にはうっすらと影が視えていた。それは頭から血を流していた彩雲だった。悲しげな顔で燈李の右肩の上にいる。ときおり手を動かして燈李の右腕に触れようとしていた。

それを聞いた第九座の住人たちは顔を見合わせた。

「鬼霊が視えるのか、甜々」

「それって……」

目の縁が熱くなる。鬼霊がいるということは、彩雲は死んでしまったのだ。

「やっぱりあの人が犯人です……あの人は、彩雲を、人を殺したんです」

燈李の右肩にいた彩雲の姿がすっと消えた。甜花は広場のあちこちを視たが、もう彼女は現れなかった。

燈李は舞い終わると扇を地面に伏せてお辞儀をした。背中がはあはあと大きく上下している。それほど激しい踊りだった。

「わたし、あの人と話してきます」

甜花は立ち上がった。陽湖がその手をそっと握る。

「私も行こう、甜々」


演者たちの控えの部屋で、燈李は長椅子に身をもたせかけ、せわしく息をついていた。この舞を踊るとしばらく立ち上がれないほど疲れてしまう。それでも舞手として三后の館のものには負けられなかった。

（それにしても今日は動悸が収まらない。それに右腕が痛い……）

燈李はそっと右腕を撫でた。腕の痛みと一緒に冷たい恐怖と後悔が背を這い上がる。

（いいえいいえ、考えちゃいけない。誰も知るものはいないんだから……）

控えの部屋は演者とそのつきそいのために大勢の人間がおり、彼らの話し声でざわついていた。

（うるさい……）

燈李は耳を押さえた。

（静かにしてよ、少しは休ませて）

しかしざわめきはより大きくなった。燈李がざわめきのもとを探そうと苛立った目を上げると――。

「四后さまの館の舞手、燈李だな」

目の前に白銀の輝きがあった。燈李ははっと椅子の上で姿勢を正した。

「これは、第九座の夫人《おくさま》……！」

「さきほどの舞、見事であったぞ」

「あ、ありがとうございます」

噂の第九座の佳人さまが自分の舞を褒めた。全身が熱くなり、空気がいっぱいに入ったように胸がきつくなる。

燈李は思わず視線を流して辰紗の姿を捜す。彼女はどんな顔で見ているのか。

「少し話をしたい……外へ出られるか？　疲れているか？」

「い、いえ。すぐに参ります！」

燈李は椅子から立ち上がり、陽湖のあとに続いた。

周りの女たちがひそひそと話をしている。頰が熱くなって足が震えた。

きっと羨ましくてしょうがないんだわ。みんなが憧れる陽湖妃にお声をかけてもらえるなんて。

控えの部屋から出て庭を歩く。広場にいたときは緊張と熱気のせいかさほど気にならなかったが、外気はかなり冷えていた。

陽湖は庭を進む。そのまっすぐな背に流れる白銀の髪は、日差しにきらきらと輝き、燈李の目を奪った。

やがて陽湖は足を止めた。髪に見惚れていた燈李はその場所に気づいてどきりとした。ここは確か――。

茂みの中から誰か出てきた。その顔より、腰に巻いた黄色の布を見て燈李は悲鳴をあげるところだった。

下働き――黄仕の娘！

「この娘は私の館のもので甜花という」

陽湖が言った。燈李は跳ね上がった鼓動を落ち着かせようと胸に手を当てた。

「は、はい？」

「おぬしに聞きたいことがあるそうだ」

「え？　あの、陽湖さまのお話は……」

「この娘の話が終わったらな」

下働きの娘、甜花が燈李の前に立った。大きな目をまっすぐに向けてくる。丸い頬がまだあどけなさを残していた。

「燈李さん。あなたがしたことを話してください」

「え……？」

「この場所で、あなたがわたしと同じ黄仕にしたことです」

足下が崩れたかと思った。だが鍛えた身体は揺らがなかった。

「ど、どういうこと」

「知らないふりをするんですか？　あの黄仕の少女が、彩雲がどうなったか、ご存じですか？」

「だ、だからなんのことよ」

燈李は救いを求めるように陽湖を見た。だが第九座の主人は話には興味なさそうに空を仰いでいるだけだ。

「彩雲は——死にました。頭からたくさん血を流して。彩雲はわたしたちが見つけました。そのとき、あの子のからだの下にこれが、」

甜花が燈李に赤い羽根を突きつけた。

「この羽根が何枚もありました。あなたの使っている舞扇と同じ羽根です。着色をしていない天然の真っ赤な鳥の羽根。こんな羽根の舞扇はさぞ高価なものなんでしょうね」

「し、知らないわ。そんな舞扇、どこにだってあるわよ！」

燈李は舞扇から顔をそむけた。

「じゃあ、控えにいってあなたの舞扇を持ってきましょうか？　たくさん羽根の抜けた舞扇があるんじゃないんですか？」

甜花はさらに羽根を燈李の鼻先に突き付ける。

「あなたが彩雲を殺して茂みに隠したんでしょう？」

燈李は思わず突きつけられた羽根をはたき落とした。

「ち、違うわ！」

「じゃあどうしてこの羽根が彩雲と一緒にあったんですか！」

甜花が勢いよく叫ぶ。それと同じ調子で燈李は怒鳴り返した。

「あの子は私の舞扇を盗んだのよ！」

「えっ……」

甜花のからだが衝撃を受けたようによろめく。

そう、これは本当。本番前に舞扇がひとつなくなっていた。あわてて探したけどどうしても見つからなかった。そこへ文が届き、書いてあったこの場所へ――。

「うそっ！　嘘です！　彩雲がそんなことするわけない。あんなにおとなしい、優しい子なのに！」

甜花は真っ青になって言った。

「そうね。おとなしい子。だから断れなかったんでしょう？　あの子は上司に命じられて辰紗を勝たせるために私が不利になるよう舞扇を盗んだの。私はそれを知ってここであの子に扇を返してくれるように頼んだのよ。でもあの子は扇を渡さなくて……それでもみ合いになって羽根がいくつかちぎれた。それだけよ」

そう、それだけ。そのあとのことは私は知らない。

「う、うそ！」

甜花が必死な様子で叫ぶ。なにも知らないくせに、と燈李は声を張り上げた。

「嘘じゃないわよ！　舞扇の羽根がそこにあったのはそういう理由！　その黄仕はそのあと誰かに殺されたんじゃないの!?　私が殺したって証拠にはならないわ！」

「そ、それは……」

甜花の顔色が変わる。その表情に燈李は優越感を覚えた。弱いものが自分の前でおどおどするのが好きだった。

「でも、だって、あなたが殺したんだわ。でなきゃ彩雲の鬼霊が――」

「なんですって？」

今なんと言った？　聞き取れなかったがこの娘はまだなにか言いたそうな顔をしている。だけどなにも言えないだろう。確かにちぎれた羽根がそこにあった。事実はそれだけだ。

甜花は悔しそうに唇を噛んだ。その様子に満足して、燈李は陽湖を振り向いた。

「陽湖さま、お話とはこのことでございますか？　こんな濡れ衣を着せられて、これは四后さまへの侮辱にもなりますわよ」

「……濡れ衣か、果たしてそうかな」

陽湖妃は赤い唇をつり上げた。

「さっきから気になっているのだが」

「な、なにが」

その微笑みは美しいのにどこか恐ろしかった。燈李は自分が獰猛な獣の前にいる気持ちになった。

「そなたの右腕……なぜ血の匂いがしているのかと」

「な、なにを……！」

燈李は右腕を押さえた。血の匂いですって？　そんなバカな。血は――血は止まったはずだ。

ガサガサと陽湖の背後の茂みが動いた。現れたのは警吏の女たちだ。陽湖の両側から燈李に向かってくる。

とっさに身を翻して逃げようとした目の前に、館吏官長鷺映の姿があった。

「燈李永《エイ》。そなたを捕縛する」

鷺映の言葉が槍のように燈李の胸を貫いた。

四

目の前で燈李が警吏に縄をかけられるのを甜花は驚いて見ていた。彼らが近づいてきていたことに、まったく気づかなかったのだ。

「燈李永。黄仕、彩雲長佐《チョウサ》に危害を加えたな?」

鷺映は捕縛され地面に膝をついた燈李に告げた。

「そんな……知りません、わたし、」

燈李は震える声で答えた。

「赤い羽根はこちらでも集めた。あれだけの羽根が散っているなら争いがあったはず。おまえはそのとき傷を負ったな?」

「あ、ありません! き、傷なんて」

鷺映は陽湖に視線を向けた。

「右腕、と?」

「ああ」

警吏が後ろ手に縛られた燈李の服の袖をひき上げると、そこは布で覆われていた。

わずかに赤いシミが見える。

その布を解くと、痛々しいばかりの傷跡、人間の歯形がくっきりと残っていた。

「彩雲長佐の歯形と照合するか？」

その言葉に燈李はがっくりと首を落とした。

「おまえがやったのだな？」

「……はい」

地面にぽたぽたと滴が落ちる。燈李の涙だ。

「泣くくらいならなぜこんなことをした」

「うう……っ」

立ちすくんでいた甜花は燈李のうめき声に我に返り、彼女のそばへ駆け寄ると一緒に地面にしゃがんだ。

「彩雲があなたの舞扇を盗んだというのは、本当なんですか？」

「……」

燈李は涙で濡れた顔を上げた。そこにはさきほどまでの驕りや高ぶりが消えた、弱々しい女の素顔があった。

「本当よ……でもあの子はそのあと私に文を寄越して……扇を返すって……。三后の侍女に命じられて扇を盗んでしまったのだけれど、悪いことはできないって……」

「じゃあなぜ……なぜ、彩雲を」

燈李は洟をすすりあげた。

「私が――私がこのことを黙っている代わりに辰紗の領巾を盗めって脅したの……」

燈李はすっかり話してしまうつもりになったようだ。それで罪が少しでも軽くなるならと思ったのか。

「あの子、それはできないって……脅すなら扇は返さないって言い合いになって」

わっと燈李は声をあげて泣いた。

「死、死ぬなんて……っ、思わなかった！　殺すつもりなんてなかった！　扇を奪い返そうとしたらあの子が嚙みついて……っ！　私は踊り手よ、その私の腕に！　踊れなくなったら私はどうするのよ！　だから私、自分を守ろうとあの子を突き飛ばしただけ……っ。倒れて動かなくなって……怖かったからそこに隠して……気を失ってるだけだと思って……っ！　ああああっ！」

泣き叫ぶ燈李を警吏が立ち上がらせる。いやがって子供のように身悶える彼女をそのまま引きずっていった。

燈李の泣き声は長くその場に残った。

甜花はその後ろ姿を見送り、頭を巡らせ鷺映と目を合わせた。あわてて鷺映に頭を下げる。

「――娘の、彩雲長佐の口や歯に血がついていたのだ。争った相手を噛んだのではないかと医司から報告があってな」

　鷺映はにこりともせずに言う。

「彩雲が三后の侍女、志満に使われているのは簡単にわかった。三后と四后の確執には我らも頭を痛めていたのでな……、志満は辰紗の身内だ。彩雲、志満、辰紗、と辿って、辰紗の敵手である燈李を疑い、すぐに調査をしたのだ」

「で、では、彩雲のことを不問に付されるつもりは――」

「あの時点では犯人が後宮のものか外部のものかわからなかった。後宮のものなら後宮で、外のものなら皇宮の判断がいる。皇宮の判断は時間がかかるので答えられなかったのだ。不安にさせて悪かったな」

　その言葉が甜花の腹の底に石を詰め込んだようにズシリときた。

「そ、そんな！　わたしのほうこそ鷺映さまのお考えに思いが至らず先走って勝手なまねをして……！」

　甜花は顔を真っ赤にして何度も頭を下げた。鬼霊が視えるということを証拠にできない以上、あの羽根だけで燈李を犯人と特定するのは無理なことだった。どんな言い逃れだってできるだろう。

　いや、甜花は犯人が言い訳をすると考えていなかったのだ。鬼霊が憑いている以上、羽根を見せればすぐに告白してくれると思い込んでいた。それは子供の考えだ。

鷺映をはじめ館吏官、警吏はきちんと自分たちの――大人の仕事をしていたのだ。それもわからず自分はなんと浅はかだったのだろう。

「しかし、右腕の血の匂いとは……陽湖さまは鼻がおききになる」

鷺映は鋭い目で白銀の夫人を見た。陽湖はその視線に、さっき燈李に見せたような凄みのある笑みではなく、愛嬌のある微笑みを返した。

「私は田舎の出なのでな。都会のものよりそのへんは優れているのだ」

パチンと長いまつげの目を閉じて、鼻を弾く。

「さあ、そろそろうちの館のものの出番だ。私は先に戻っているよ」

陽湖はそう言うと髪を翻し広場へ向かった。

「不思議なお方だな」

その姿が見えなくなってから鷺映が呟く。そのあとじろりと甜花を睨んだ。

「――それにしても甜花水珂。あの羽根だけで弾劾するのは無謀ではないか？　士暮どのが聞いたら呆れられるぞ」

「は、はい」

鷺映はいったいどこから聞いていたのか。自分でもそう思っていたことを指摘され、甜花は恥ずかしさに身の縮む思いだった。

「でも鷺映さま。調査されたとのことですが、結果が出るのが早かったですね」

「ああ、それがな」

初めて鷺映の顔が緩やかになり、口元に薄い笑みが浮かんだ。

「実はな――」

鷺映の告げた言葉に甜花は仰天した。

「う、うっそ……！」


陽湖が技芸大会の広場へ戻ると、ちょうど紅天が歌っているところだった。

たった一人で歌う彼女の声が、広い会場のすみずみまで響きわたっている。

その声は笹の上で遊ぶコマドリのように耳に優しく、空高くさえずるヒバリのように楽しげだった。

小さなからだから出ているとは思えないほどの声量と美しさに、誰も彼もが聞きほれていた。

歌い終わった紅天が、胸を弾ませ肩で息をしながら両手を高く上げると、万雷の拍手が広場を包んだ。

「あ、陽湖さま！」

紅天が広場の入り口にいた陽湖に気づいて手を振った。

「聞いていてくれました⁉　紅天、いっしょうけんめい歌ったよ!」

「ああ、聞いていたとも。上手だったぞ、見事だった」

胸と頭に甜花の持ってきた花を飾り、銀流が用意して白糸が直した衣装を着た紅天は、とてもかわいらしかった。

陽湖は紅天のそば、会場の中央に進むと人々を見上げた。

「この場でみなさまに申しあげたいことがある」

陽湖の声は張り上げてもいないのに、不思議とよく通った。

「実は今日、後宮の庭で下働きの娘が一人、命を落とした」

その衝撃的な言葉に会場がざわりと揺れた。

「彼女は殺されたのだ。それもこの大会が原因で」

「よ、陽湖さま、なにを」

「お控えください、陛下の御前です」

技芸大会を運営している芸事房の人間たちがあわてて飛び出してくる。だが、すぐに上――おそらくは皇帝――のほうから指示が出たらしく、彼らはすごすごと席に戻った。

「死んだのは三后の下働き。殺したのは四后の舞手」

その言葉に三后、四后の桟敷が騒然となった。悲鳴があがり、泣き声と罵声の中、立ち上がった女たちが互いの桟敷に突進しようとする。

「控えろ！」

陽湖がぴしりと鞭のような一声を放った。女たちの声と動きが止まる。

「彼女は自分の上司に命じられ舞手の扇を盗んだ。舞手はそれを逆手にとって娘を脅し、争いが起こった。舞手は娘を殺すつもりはなかったし、娘も自分が死ぬとは思っていなかっただろう。この原因はなにか」

陽湖は青い瞳に力を込めて三后、四后の桟敷を見つめた。

「館同士のつまらぬ諍いが原因だ。互いの意地の張り合いは人一人の命より大切なのか！」

しんと広場が静まりかえる。大勢の人間がいるのに、誰もが息を止めたかというほどだった。

「考えてほしい。そしてわかってほしい。娘のため、女のため、後宮のために自分たちがどうすればよいのか、と」

誰も動くものがいない中、立ち上がった人間がいた。

璃英皇帝だった。

「陽湖妃の言う通りだ」

若い皇帝は静かに言った。その声は広場の皆に届いた。

「後宮は花園、後宮は那ノ国の、斉安の平和の象徴。争いがあってはならぬ。四后、九佳人とともに皇の大切な宝玉。宝玉同士がぶつかればひびも入り欠けよう。輝きも失われよう。すぐには無理でもみな一人ずつ考えて歩み寄ってほしい」

三后はうつむいた。四后は泣き出している。桟敷の女たちもしくしくと顔を覆った。

「……せっかくの楽しい催しを私のせいで台無しにしたな」

さすがに陽湖もこの場の沈んだ空気に居心地の悪さを感じたようだった。

「お詫びに私がひとさし舞おう。三后さまや四后さまの館のものには及ばないが」

陽湖はそばにいた紅天に顔を向けた。紅天はうなずき、空を仰いで声をあげた。

踊ろう　今日のこの佳き日に
歌おう　永遠に続くよ光の日々——

「祝言の祝い歌だ。知っているものはともに歌ってくれ」

そう言って陽湖は長い袖を波打たせ、髪を翻して踊り始めた。

奥さまと旦那さま

幸せ幾万　笑顔幾千
子供もたくさん　お金もたくさん――

陽湖は舞いながら四后の桟敷の前へゆき、辰紗を手招きした。辰紗はほんのわずか躊躇したが、すぐに陽湖の手を取り、踊りの場へ飛び出た。

わっと控えめな歓声があがった。

陽湖は次に三后の桟敷へゆき、一番前にいたものの手を取った。その女は驚いた顔をしたが、三后がうなずいたので踊りに加わった。

そうやって陽湖は一后、二后、そして佳人たちの桟敷から次々と女たちを招いた。

「歌え、歌え」

陽湖の声に桟敷の女たちが歌い出す。

「歌え歌え歌え」

手を振ると観客の男たちも歌い出した。祝言の祝い歌は、この国のものなら誰でも一度は歌ったことがある。

「みな、踊ろう、舞おう」

皇帝が高い桟敷から声をかけ、それに応えて一人、二人、一〇人と桟敷を乗り越え観客たちも広場に下りた。

歌声が広場を満たし、踊りが笑顔を広げた。

今はもう観客も後宮の女たちも、三后の館のものも四后の館のものも一緒に歌い、踊っている。

「――やれやれ」

陽湖は踊りの輪からするりと離れ、入り口辺りの壁に身をもたせた。

「陽湖さま……」

遅れて帰ってきた甜花が広場の様子に驚いた顔をしている。

「おお、甜々。見ろ、私はうまくやったと思わないか?」

「はい、見ていました。陽湖さま、すごい!」

「ふふん」

陽湖は親指で鼻を弾く。

「でも、あのー」

甜花は言いにくそうに呟いた。

「ひとつ……まちがいが」

「む?」

「実は彩雲なんですが」

「うむ」

「死んでいなかったんです」

陽湖は甜花の顔を見た。

「あ？」

それから踊っている人々に目を向ける。

「しかし、おまえ。鬼霊が視えたと」

「はい。彩雲、一度呼吸が止まったんですが、息を吹き返したそうです。それで鷺映さまたちが犯人を特定できたっておっしゃってました」

「……」

「彩雲の鬼霊はすごく薄かったしすぐに消えたし……」

言い訳めいた甜花の声が小さくなって消える。陽湖はがしがしと頭をかいた。

「死んだって、言っちゃったぞ」

「どうしましょう……？」

「どう――」

陽湖は両手で顔を覆った。

「――踊るか」

やがて顔を上げた陽湖は甜花にとびきりの笑顔を見せた。

日が落ちて技芸大会は終了となった。このあとは皇帝が本日の優秀者に褒美を与えるのみとなっている。

各館の女たちは、我こそは、と思っているもの、すでにあきらめてくつろいだ様子でいるものなどさまざまだった。

皇帝が桟敷から立ち上がり会場を見渡した。

「今回の優秀者は」

朗々とよく響く声が観客たちの上を渡る。

「三后の館の舞手、辰紗どの」

わあっと歓声があがる。辰紗の美しい舞は確かに皇帝の褒美を得るにふさわしいものだった。

「それから」

歓声の中で再度璃英の声が響いた。

「第九座の陽湖妃……最後に全員の心をひとつにした力は見事だった。技芸大会の参加者ではないが、特別賞として褒美を授けたい。よいか？」

拍手が沸き起こる。あの舞に巻き込まれたものたちはみんな楽しんだようで、どこからも非難の声はあがらなかった。

四后の館の辰紗と陽湖は一緒に皇帝の桟敷へとあがった。

皇帝は立ち上がって二人を迎える。

「見事な舞だった、辰紗」

先に舞手に声をかけた。

「美しい川の流れに身をまかせているかのような心持ちになった。これからも励んでくれ」

璃英は辰紗に褒美として紫水晶を削り出して作った翼のある馬の置物を渡す。これひとつでおそらく一生暮らしていけるだろう。

しかし辰紗はそれに手を伸ばさなかった。

「陛下、おそれながら私は褒美を辞退したく思います」

璃英は問うまなざしを向けた。

「この度の事件、私にも関係があります。さきほど身内が館吏官に連れていかれました。おそらく私のことを思って下の者に燈李さんの舞扇を盗ませたのでしょう……。知らぬこととはいえ、その責めを私も受けたいと思います。この褒美は被害を受けた娘さんに差し上げてください」

彩雲が一命をとりとめたことは会場で警吏が伝えたので辰紗も知っている。璃英は頭を下げた彼女を見つめた。

「そなたの気持ち、承知した」

「はい」

「だが、芸の見事さとは別だ。娘には後宮からきちんと見舞金が出る。そなたは褒美を受け取ってよい、より一層励むために」

「ありがたいお言葉……。辰紗、胸に納めて精進いたします」

辰紗は目を潤ませて深く頭を下げた。

次に璃英は陽湖に向き合った。

「場をうまく収めてくれて感謝する」

「いや、私もやりすぎたかなと思ったのでな。楽しい大会に水を差してしまった」

「陽湖どの以外にあの場を再び沸かせることができる人間はいなかっただろう」

「まあ年の功というやつだ」

陽湖は褒められていささか照れくさそうだった。

「それで褒美はひとつしか用意していなかったので、ありあわせですまないがこれを」

璃英はそう言うと自分の腰に提げていた剣をはずした。

「陽湖どのには装飾品や置物よりこちらが似合うと思うので」

皇帝の剣は宝玉を埋め込んだ柄、黄金の鍔に、鞘は黒漆で螺鈿が飾られている。

「こんな立派なもの、いいのか？」

「皇の先祖が使ったものだ。陽湖どのに持っていてほしい」

「そうか、では――」

陽湖はその剣に手を伸ばしたが、指が触れたとたん、火に炙られたかのように声をあげた。

「ううっ！」

「ど、どうした、陽湖どの」

「そ、その剣――」

陽湖は右手を押さえた。剣から璃英の顔に視線を向けた青い目が、大きく見開かれる。

「陛下！」

陽湖は璃英の服の胸を摑むと、ぐいっと自分のほうへ引き寄せた。体勢を入れ替え、璃英の唇を自分の口で覆う。わあっと広場全体が揺れるほどの声があがった。

「――！」

璃英があわててからだを離す。

「失礼、陛下。だが私は剣より御身の唇が所望だ……」

「陽湖どの？」

陽湖は力なく微笑むと、ガクリと膝をつく。その首筋に小さいが鋭い吹き矢の鏃《やじり》が刺さっていた。

「陽湖どの！」

璃英は陽湖のからだを抱きかかえた。

「くせものだ！　陽湖どのが皇の身代わりとなった！　捕らえろ！」

璃英の桟敷のそばにいた針仲他、親衛の兵が駆け出した。

「陽湖どの！　陽湖どの！」

璃英が叫ぶ。陽湖はうっすらと目を開けた。

「勘違いするな、よ……御身が死んだら……甜々が悲しむからな……」

「わかった！　わかっている！　傷は小さい、大事ないぞ！」

陽湖が青い目を閉じる。すぐに担架が届き陽湖のからだが運び出された。

騒然とする広場の中で、璃英も護衛に守られ退場した。


陽湖は後宮の医房に運び込まれた。処置室の前には第九座の住人たちが詰めていた。

銀流は厳しい顔をしている。紅天も白糸も、いつものんびりしている你亜も心配そうな顔をしていた。甜花はずっと泣いていた。

「甜花、泣きやみなさいな。陽湖さまはご無事よ」

白糸が苛立たしげな口調で言った。

「だって、だって……」

「あんな小さな傷で陽湖さまが死ぬわけないでしょう!?　陽湖さまを信じなさいな」

「信じてるわ、信じてるよ。陽湖さま、絶対わたしより先に死なないって誓ってくれたもの！」

そこへ護衛の兵に囲まれた璃英がやってきた。

「璃英さま！」

甜花は立ち上がった。涙いっぱいの目で皇帝を見上げる。兵たちが第九座の住人たちを退けようとしたが、璃英は「よい」と手で兵を下げた。

「陽湖どのの容態は？」

「傷は小さなものです。今医司が手当てを」

銀流が硬い表情で言った。

「犯人は捕まったのかにゃ！　陽湖さまを傷つけるなんて、你亜が引き裂いてやるにゃ！」

璃英は首を横に振った、

「残念ながら犯人は捕まえる前に自害した……誰かに雇われたのだろう。皇を狙ったものを陽湖どのがかばってくれたので、その責をとって死んだのだ」

「あんな吹き矢ひとつで陛下を殺そうとしたの？」

紅天が呆れた口調で言う。璃英はうなずき、「おそらく、いつものいやがらせだろう」と応えた。

「なにもこんな日にやらなくてもいいのに、マメですわね」

白糸がいかにも忌々しいと唇を噛む。

扉が開き、璃英の従兄弟の宣修も兵とともにやってきた。

「宣修どの……」

「皇帝陛下、陽湖妃への見舞いですか」

宣修は手を振って兵を下げ、璃英のそばに寄った。

「皇の代わりに傷を負ってくれたのだ、見舞いくらいは」

「いや、あの方はお美しい方でした。口づけなさったときは驚きましたぞ。陛下はあの方を正后になさるのかと。しかし残念でしたね」

「宣修どの、陽湖妃はまだ亡くなってはおらんぞ」

そこへ処置室の扉が開き、医司が出てきた。

全員が医司の顔を見る。

「陛下――どうぞ」

医司が沈痛な面もちで言った。璃英は部屋へ歩き出そうとしたが、服のすそを摑まれ立ち止まった。摑んだのは甜花だ。

「甜々……すぐにおまえも、おまえたちも呼ぶから」

璃英は優しい手つきで甜花の指を離す。甜花の頰を涙が伝った。

璃英が部屋に入ってしばらくして、「陽湖どの！」という悲痛な叫び声が聞こえてきた。

甜花は顔を覆った。あの声が、すべてを語っている。

「そんな……陽湖さま……うそ……」

ふらり、と璃英が扉の外によろめき出た。

「璃英さま！」

「陛下！」

女たちの声に璃英は力なく首を振る。

「そんな！」

「陽湖さま！」

第九座の住人たちが処置室へなだれ込んだ。そのあと、悲鳴が聞こえた。

絶望的な表情の璃英に宣修は心配そうな顔で近づいてきた。

「残念でしたな……陽湖どのは亡くなられましたか」

「ああ」

「惜しいことです。絶世の美女だったのに」

「お褒めいただき光栄だ」

ひやりと冷たい手が宣修の頬を後ろからなでた。宣修は悲鳴をあげ、振り向き、さらに大きな声をあげた。

そこには陽湖が艶然と微笑んで立っていたのだ。

「な、なぜ!? 死んだはずでは」

「なぜ？　なぜ私が死んだと？」

陽湖は両手で宣修の顔をなで回す。

「だってあの吹き矢は」

「吹き矢？　これか」

陽湖の指先に魔法のように吹き矢の鏃が現れる。

「刺さりどころがよかったのか、体質なのか、案外平気だった。宣修どのも刺してみるか？　運試しに」

言いながら陽湖は鏃を宣修に近づけた。

「やめろ！　毒だ！　殺す気か！」

宣修は陽湖の手から逃げようとじたばたと身悶える。

「毒だと、陛下」

「ああ、毒と申したな」

　璃英は腕を組んだ。

「宣修どの、なぜその吹き矢が毒だとご存じなのか？　それを知っているのは犯人、あるいは指示をした人間だけだ」

「……っ！」

　宣修は陽湖の手から逃れて部屋の隅に逃げた。

「お、おまえたち……謀ったな！」

　璃英が首を振ると護衛の兵がいっせいに宣修に飛びかかった。主人を助けようとした宣修の兵も取り押さえられる。

「なにをする、放せ、無礼者！」

　宣修がわめく。それに璃英は冷たい目を向けた。

「お話はのちほどゆっくりお聞きします、従兄弟どの」

　宣修が引きずられ、医房を出て行く。それを見送った陽湖と璃英は顔を見合わせ笑った。

「いや、陛下も演技がお上手だ」

「急に振られて困ったぞ」

璃英は陽湖から鏃を受け取った。

「しかし、なぜ宣修が怪しいと？」

「従兄弟どのが怪しいとは思っていなかった。だが、犯人が小心者なら必ず結果を確かめにくるだろうと思ったのだ」

陽湖は璃英の背後に目をやった。そこには処置室から出てきた第九座の面々が立っている。

「そんなわけで一芝居打ったのだ。……悪かったなみんな」

わっと女たちは陽湖を取り囲んだ。

「最初からおっしゃっておいてください！」

「寝台にお姿が見えなかったからびっくりしたにゃあ！」

「消えたのかと思いましたわ！」

「だますなんてひどいよ！」

次々と声をあげる使用人たちの中で、甜花はぽろぽろと涙をこぼし、声もなく陽湖の胸に顔を埋めた。

「すまない、甜々。だが約束は守っているだろう？」

「陽湖さま……っ！」

璃英はそんな彼女たちから離れ、医房の医司を手招いた。

「それで本当に陽湖どのは大丈夫なのか？」

「はい、あの吹き矢には確かに猛毒が使われていました。一時は呼吸も脈も止まったかのようでしたが、じきに顔色も戻り、心臓も動き出しました。お強いからだをお持ちです」

「そうか……」

璃英は腰に提げた剣に手を置いた。あのとき陽湖が触れることができなかった剣。先祖が使った古剣。

「……なんにしろ、よかった、か」


璃英の従兄弟宣修は皇帝の暗殺をたくらんだ容疑で自分の屋敷に監禁となった。じきに裁断が下るだろう。

皇帝の暗殺事件があった技芸大会など今後は中止すべきだという意見も出たが、後宮の風通しと女たちのために続けるべきだと璃英が強く主張して、来年も開催されることになった。

後宮は新年を迎えた。各館は華やかに飾られ、新しい年神を迎え、挨拶を交わす。

去年までの軋轢をなくし、これからも那ノ国の花園であるために。

終

璃英が再び後宮にやってきたのは新年の三日目のことだった。一日目、二日目は皇宮での儀式、皇家につながる者たちへの挨拶があったからだ。

今回は宣修の事件のこともあり、親族たちはその責任を押し付け合い、つぶし合い、化かし合って、最後にはうわべだけの笑みで話を終わらせた。

皇帝の暗殺は宣修一人で考えたこと。その結論により彼は遠く鄙びた地方へ追放となった。

璃英は後宮を回り四后、八佳人から新年の挨拶を受け、ようやく第九座へとやってきた。顔色は悪く、疲れきっている様子だった。

「寝かせてくれ」

璃英はそう言うなり、陽湖の長椅子に身を投げ出した。

「年末の技芸大会は楽しかったがそれ以降は苦行だ」

「御身の命を狙うものが一人減ってよかったではないか」

「蛇の巣窟から子蛇が一匹いなくなっただけだ」

璃英はぶっきらぼうに答えた。

「まあ一刻は寝ていいぞ。それを過ぎたら叩き起こす」

陽湖が言い終わらぬうちに璃英は目を閉じてしまった。

「しょうがない男だな。甜々、なにかかけるものをやってくれ」

「はい、陽湖さま」

甜花は急いで白羊の毛を使った温かな毛布を持ってきた。璃英のからだにそっとかける。

「甜々……」

ふと璃英が薄目を開けた。

「あの男は……誰だったのだ？」

「え？」

「技芸大会の日……一緒にいた男だ。兄と呼んでいた……」

甜花は目をパチパチさせ、明るい声をあげた。

「ああ。真集お兄さんのことですね」

「……お兄さん……」

璃英の眉がひそめられる。

「以前、祖父と一緒に世話になった方です。呉伴領の領守さまです」

「ずいぶん親しげであったではないか」

璃英の声は逆に不機嫌になった。

「真集お兄さんは優しい方なのです。わたしを妹のようにかわいがってくださって」

璃英はふんと横を向いた。

「でもあの日、わたし自分のことばかりで真集お兄さんにお祝いを言えなかったのが心残りなんです」

甜花は悲しそうに続けた。

「お祝い？」

「はい、結婚の」

璃英は目を開いた。

「真集お兄さん、昨年結婚されたんです。わたし、それを聞いていたのに、あのときうっかりお祝いのひとつも言えなくて……外部の方がいらっしゃるのはまた一年先ですよね」

璃英は再び目を閉ざした。

「だったら……文でも書けばどうだ？　住まいは知っているのだろう……」

「あ、そうですね！　なんで思いつかなかったんだろう！　ありがとうございます、璃英さま……璃英さま？」

璃英はすうすうと寝息を立てている。

「お眠りになった」

「安心したのだろう」

陽湖が笑う。

「私も安堵した」

「なにがですか?」

「なんでもない」

陽湖は長椅子のそばに腰を下ろすと、璃英の顔のそばに頭を寄せて自分も居眠りを始めた。

安らかな二人の寝顔を見つめ、甜花は改めて璃英と陽湖が無事でよかったと思う。

(おじいちゃん……)

甜花は心の中で祖父に語り掛けた。

(書仕の夢は捨ててはいないけれど、わたし、もうしばらくこの方たちのおそばにいたい。この方たちをお守りしたい……。書仕になるためにもう少し経験を積んで、知識だけじゃなく、もっとちゃんと考えられるようになりたいの。おじいちゃん、もう少し待っててね……)

祖父の笑顔が目の裏に浮かぶ。

(おまえの思うように生きるといい――)

そんな声が聞こえたのは都合のいい幻聴だろうか、でも……。

祖父と陽湖と璃英、甜花にとってこの大切な三人を守ることはどんな夢よりも叶えたい望みだった。


皇帝が後宮から帰ったあと、陽湖は部屋に飾っておいた剣を片づけるよう銀流に命じた。皇帝からの賜りものだったので、彼がいる間は部屋の一番目立つ場所に置いていたのだ。

銀流がそれを箱にしまうのを陽湖は腕を組んで見ていた。

「陽湖さま、やはりこの剣にはお触れになれませんか」

「うむ。この剣なあ……私と因縁があるものなのだ」

陽湖は首を右に傾げた。

「因縁ですか。どのような」

「もうずいぶんと昔の——古い古い時代のことで」

首の傾きがさらに大きくなる。

「……」

「陽湖さま？」

「だめだ。あまりに昔のことで思い出せない」

陽湖は首を振った。

「だが、なにやらあるのだろう。そのうち思い出す」

銀流は剣をしまった箱を戸棚の中に入れて鍵をかけた。

「無理して思い出さなくてもけっこうですよ。この剣は陽湖さまのおからだに負担をかけるものでしょう。ただでさえ、今はあの毒矢のせいで尾をひとつ失っておいでなのですから」

「うむ」

陽湖はからだの後ろにふたつの尾を広げた。

「私の命……前は九つ持っていたのが今はたったふたつになった。甜々との約束を守るのも苦労しそうだな」

「天涯山の大妖、白銀《シロガネ》さまのお命を害するものなどそうそうありませんよ。もう人間をかばうのはおやめください」

「まあ次はうまくやるさ」

陽湖は尾を隠した。甜花が部屋に入ってきたからだ。

「陽湖さま、紅天さんが凧を揚げましょうって！　行きませんか？」

「ああ、今行く」

甜花の明るい声に陽湖も楽しげに答えた。

妖の身には新しい年も重なる日々も関係はなかった。だが今は時を重ねて成長する甜花を見守ることが楽しい。

陽湖は愛娘とともに、眩しい日差しの下へ歩み出た。

本書は書き下ろしです。

百華《ひやつか》後宮《こうきゅう》鬼譚《きたん》

強《つよ》く妖《あや》しく謎《なぞ》めく妃《きさき》、まさかの後宮大炎上《こうきゅうだいえんじょう》！

霜月《しもつき》りつ

2022年1月5日初版発行

発行者……千葉 均
発行所……株式会社ポプラ社
〒102-8519 東京都千代田区麹町4-2-6

フォーマットデザイン 荻窪裕司(design clopper)
組版・校閲 株式会社鷗来堂
印刷・製本 中央精版印刷株式会社

ポプラ文庫ピュアフル

ホームページ www.poplar.co.jp

N.D.C.913/278p/15cm
ISBN978-4-591-17236-0
P8111325